ヴィクター・イングラム
「ありがとう」
リゼット。
そう愛しい名を呟き、
眠る彼女のこめかみに
そっと口付けを落としたのだった。
リゼット・ラザフォード

「君がそういう顔をするから尚更、リゼを任せることなんて出来ないんだ。……だから、取引をしよう」
「取引？」

「もし、ヴィクター殿下が僕と剣を交えて勝てば、
この本を貴方に託そう。……ただし、負けた場合は」

そう切って、エルマーは挑むような眼差しで口を開いた。

「貴方には自身の国へ帰ってもらう。

そして僕とリゼの二人、魔法使い同士で
『迷いの森』へ向かう」

「っ！」

「そんな！」

エルマー・アーノルド

ここは、天国？

今私が見ている光景は、夢？

「……っ」

私の瞳から涙がこぼれ落ちる。

そして、震える手で彼の漆黒の髪に
そっと手を伸ばし、その髪を撫でながら
私は彼の名を口にした。

「ヴィクター」

その政略結婚
謹んでお受け致します。
〜二度目の人生では絶対に〜
2
心音瑠璃
ill. すざく

《主な登場人物》

リゼット・ラザフォード（15）
ラザフォード辺境伯家長女。
『火』の魔法を司り、マクブライド王国の東に位置する地の番人の家に生まれる。
幼少期より魔力が特段強く、戦地に赴くほどの実力を持つ。
この物語の主人公。

〜イングラム王国〜
ヴィクター・イングラム（20）
イングラム王国第二王子。
リゼットの政略結婚相手。
イングラム王国はマクブライドの隣地から広大な土地を支配している。
武術・知略に長《た》け、自ら戦地へと赴く。
冷酷無慈悲だと恐れられているが……？

ウォルター・イングラム（25）
イングラム王国第一王子。
次期国王最有力候補。知略の才にずば抜けている。
温厚篤実な性格と言われている。

ウォンバート・イングラム
イングラム王国現国王陛下。
戦争で各国に攻め入り、支配下に置いてきたことから、〝血を好む化け物〟と他国では称されている。
しかし、戦争をするのには理由が……？

レベッカ
ウォンバートの今は亡き正妻であり、ウォルターの母親。

メアリー
ウォンバートの元側妻《そばめ》。
ヴィクターの母親であるが、レベッカ亡き後姿を消し、行方を晦《くら》ませている。

～マクブライド王国～

クリフ・ラザフォード

ラザフォード辺境伯家当主であり、リゼットの父。
戦地では先陣を切って国を守る王立騎士団団長。
『火』の魔法を自在に操る。

リラン・ラザフォード（8）

リゼットの七歳下の妹。
リゼットがいない今、ラザフォード辺境伯家の次期後継者。

サイラス・マクブライド（24）

マクブライド王国の若き国王。
前国王の体調不良により、二十歳の時に即位した。
温厚篤実で国民からの支持が高い。

《その他》

アリー

リゼットのイングラム城でのお世話係を任されている侍女。

Contents

もくじ

Sono Seiryaku Kekkon, Tsutsushinde Ouke Itashimasu.

閑話　『第二王子の幸福』

「リゼット？　……眠ってしまったのか」

二人きりの空間で暫く談笑していた後、少しの沈黙が流れている間に彼女は眠りに落ちてしまったらしい。

（無理もない、今日は色々なことがあったから）

それにしても、とそっと彼女の華奢《きゃしゃ》な体を長椅子に横たえながら思う。

（自分が、こんなに穏やかな時を過ごせるようになるとは思ってもみなかった）

それに、と彼女の顔にかかる金色の髪を撫《な》で、耳にかけながらふっと笑みを溢《こぼ》す。

こんなに大切な、愛しい人が出来るとは。

自分のために、泣いてくれる人がいるなんて。

未だに信じられない自分がいる。

（今だって、早く目を覚まして、あの陽だまりのような温かな笑みを浮かべて欲しいと思う自分と、無防備に眠ってしまうほど、心を許してくれているということを嬉《うれ》しく思う自分がいる）

そんなことを考えてしまう俺は相当重症だと思う。

だが、それも無理はないことだと結論付けた。だって。

（この想いが通じるとは、夢にも思わなかったのだから）

彼女の薬指で輝く真紅の婚約指輪を見て、自然と顔が綻ぶ。

そして、その指輪を渡すに至った経緯が脳裏に蘇《よみがえ》る――


（はぁ、今日も彼女の元へ行けなかった）

もうすぐ、望んでもいない自分の誕生日パーティーが催されることになっており、朝から晩までその対応に追われる日々が続いていた。そのため、彼女の元を訪れることはおろか、約束である朝食の場にも行けていない。

最後に会ったのは、彼女が病み上がりの時だったから一週間は経っているだろうか。

（その間会えていないというだけで、こんなにも心が落ち着かないものなのか）

自分が抱くこの気持ちが何なのか、もうとっくに分かっている。だが、その気持ちに名前を付けて良いものなのかどうかをずっと迷っていた。

（俺は彼女を傷付けてばかりだから）

それなのに、彼女は。

『私を信じて』

まるで希望の光を湛《たた》えたような、橙色《だいだいいろ》の凜《りん》とした瞳を真っ直ぐにこちらに向け、そう言ってくれた。

そんな彼女に、俺が出来ることは。

「わっ……」

廊下の曲がり角に差しかかった時、死角から出て来た人物と危うくぶつかりそうになる。

驚き声を上げたその人物は、リゼットの侍女だった。

「ヴィクター殿下！　申し訳ございません、不注意で」

「いや、良い。……それより、聞きたいことがあるんだが」

「何でしょうか」

「その……、リゼットは、元気だろうか」

そう尋ねたのに対し、侍女は目を丸くしたかと思うと、笑いが返される。何故笑われなければならないんだ、とムッとすれば、侍女はすぐに言葉を返した。

「私に尋ねられるよりも、会いに行かれてみてはいかがですか。きっとリゼット様もお喜びになられると思いますよ」

「リゼットが？」

「はい」

迷いもなくキッパリと言い切られ、思わず戸惑う。

（リゼットも会いたいと思ってくれているということか？　……いや、そんなこと）

「それはそうと、例の指輪の件はどうなっていらっしゃるのですか」

思案している間に侍女にそう告げられ、俺は思わず思考が停止する。

(どうして知っているんだ)

指輪とは、婚約指輪のことだ。内密に作らせていたはずなのに、何故よりにもよって彼女の侍女が知っているんだと口を開きかけ、ハッとした。

(そういえば、リゼットの指のサイズを測らせたと言っていたな……)

そうして黙り込んでしまった俺に対し、侍女は少しの間の後言った。

「……私の余計なお世話かもしれませんが、リゼット様はもう、お覚悟が出来ていると思いますよ」

「そ、それは」

「私からは以上です。もしまだ時間がおありであれば、リゼット様に会いに行かれて下さいませ」

失礼致します、と侍女は言うだけ言って去ってしまった。

「……リゼットの侍女、か。優秀だな」

去って行くその背中に思わず苦笑を溢すと、侍女の助言のお陰で次に何をすべきかが決まった俺は、踵《きびす》を返しその場を後にしたのだった。

＊

二人きりの馬車の中、向かいに座り、移り行く窓の景色を楽しげに眺める彼女の横顔を見て、自然と笑みが溢《あふ》れる。

(まさか、こんなに喜んでもらえるとは思わなかった)

頼んでいた婚約指輪を受け取りに城下を訪れることにした俺は、思い切ってリゼットに一緒にどうかと誘ったところ、彼女は半ば食い気味にその提案に乗ってくれたのだ。

その時の彼女の様子を見るに、二人きりでの外出に対しての喜びというよりは、見たことのない城下への好奇心から承諾したという感じだったが。どちらにせよ、誘って良かったと心から思っていると、不意にこちらを向いた彼女がふわりとお忍び用の茶の髪を揺らしながら尋ねてきた。

「そういえば、どうして今日は城下に行こうと誘ってくれたの？　どこか行きたいお店があるとか？」

その言葉に一瞬ギクッとしてしまう。

(指輪を取りに行くことは言っていないからな……)

それでも、城下へ彼女と訪れることを決めた後、その他にもやりたいことが出来た。

(今日は、初めて二人で出かけられる日だから)

リゼットの問いかけに対し、俺は笑みを浮かべて答えた。

「それは秘密だ」

そう人差し指を口に当て、悪戯っぽく返せば、彼女は少し黙った後やがてはにかみながら口にした。

「じゃあ、楽しみにしているね！」

そう言った彼女の姿に、名前をつけていないこの気持ちが、より一層募るのだった。

＊

まさか、彼女の方から今日一番の目当ての店に行きたいと言ってくるとは思ってもみなかった。

（何が欲しいのだろうか）

気になったが、突っ込んで聞くのも野暮だと思い、からかったら怒られてしまった。それでも目的の場所に自然と向かうことが出来てホッとしながら、指輪を頼んでいた王家御用達の宝石店に案内した。

そして、彼女が店に並ぶ宝石を見ている間、俺は店主に店の奥へと通される。

「はい、これが頼まれていたお品物ね」

そう言って開けてもらった箱には、真紅の宝石が埋め込まれた指輪があった。

「ありがとう、良い品だ」

まじまじとその宝石が付いた指輪を見つめそう口にすれば、昔からの馴染《なじ》みで気の置けない仲の店主は遠慮なしに言った。

「それにしても、あの子も愛されてるわねぇ」

「は⁉」

思いがけない言葉に素っ頓狂な声が出るが、お構い無しに店主は続けた。

「だって、一国の王子である貴方が一からデザインして決めた婚約指輪でしょう？　その上、今の今まで指輪を受け取りに来なかった理由がまさか、『彼女が気を許してくれるまで』なんてね」

「ぜ、全部言ってくれるな……」

（いくら気の置けない仲とはいえ、色々と話しすぎたか？）

と自分の口の軽さを反省していると、店主は「まぁ」と俺の背中を軽く叩《たた》いて言った。

「安心したよ。貴方が言うようにとても素敵な方のようだし。それに何より、貴方が幸せそうだもの」

「幸せ、そう？」

自覚がなかった。確かに今は、心の底から幸せだと感じることが、彼女と時間を共にするにつれて多くなっている気はするが。

「……そんなに、顔に出ているのか？」

「ええ。貴方を知っている人から見れば、一目瞭然でしょうね」

「……そうか」

俺の言葉に、店主は少し笑みを浮かべてから店先へと戻って行った。

一人店の奥に残された俺は、再度手元にある小さな箱に納められた婚約指輪を見つめる。

（喜んでくれるだろうか）

それ以前に、受け取ってくれるだろうか。

考え出したらキリがないが。

（それでも）

この溢れそうな思いを、名前をつけていなかった彼女に対するこの気持ちを、伝えたい。

（許されるのなら、彼女を見習って真っ直ぐに告げよう）

二文字の、『好き』という言葉を――


ブランケットをかけても、安心しきったように眠っている彼女を見て微笑む。

（未だに信じられない。まさか、彼女も同じ気持ちでいてくれたなんて）

だが、夢じゃない。

彼女が告げてくれた言葉も、通じ合った心も、触れ合った体温も、重なった唇も。

（全て、夢じゃない）

それを、彼女の指で輝いている指輪が、俺の手にある彼女がくれたお守りが証明してくれている。
彼女がここに来てくれたこと。
いつだって真っ直ぐに、感情をぶつけてくれたこと。
全ての感謝をこの言葉に込めて。
「ありがとう」
リゼット。
そう愛しい名を呟《つぶや》き、眠る彼女のこめかみにそっと口付けを落としたのだった。

まだ真新しい鏡に触れれば、鏡面に波紋が広がる。それによって私の姿は揺らめき消え、代わりに映し出された人物はにこやかに笑って言った。

『あ、漸く繋《つな》がった？』

記憶より随分幼く見えるその姿に懐かしさを感じ、思わず大きな声で叫んだ。

「エルマー！」

そう彼の名を呼べば、鏡越しの彼は嬉《うれ》しそうに銀色の髪を揺らし、紺青の瞳を細め、まだ何処か幼さが残る笑みを浮かべた。

彼の名は、エルマー・アーノルド。アーノルド辺境伯家三男であり、私と同じ十五歳。

辺境伯、というのは、私達が絶対の忠誠を誓ってきたマクブライド王国には二つの辺境伯家があり、それぞれが違う魔力を継いでいる。その魔力を使ってマクブライドを守るため、戦場では先頭に立ちながら指揮を、屋敷では敵国の監視役を担っている。

そして、アーノルド家の人々は私達とは対極の『水』の魔法を司る、西の地の番人なのだ。

「エルマー、元気にしていた？」

『それはこっちのセリフだよ。本当に驚いたんだからね。停戦と今後の話し合いに行くっていうのは聞いていたけど、まさか和平条約の条件がリゼとの婚約って！　しかも、リゼはその日の内にそれを呑んだとか』

「あ、あはは」

（だって、必死だったんだもの）

ここは誤魔化すしかないと曖昧に笑えば、彼は呆《あき》れたように溜息《ためいき》混じりに言った。

『まあ、君が昔から突拍子も無いお転婆娘だったことは知っているから、今更驚かないけど』

「エ、エルマーは昔から本当に私の扱いが雑よね……」

『まあね』

エルマーは『まあ、雑談はこれくらいにして』と言うと、真剣な表情をして話を切り出す。

『……本当にイングラム国は戦争を開始するの？』

「ど、どうしてそれを⁉」

驚き声を上げれば、エルマーは『どうしてもくそもないでしょ』と眉間に皺《しわ》を寄せる。

『僕達はマクブライドを守る辺境伯家だよ？　和平条約を仮締結している国の情報は、いち早く流れてくる』

「ということは、もしかしてお父様にも」

『まあ、もう耳にしているかもね』

（まずい、このままではお父様がここへ乗り込んできそう）

「エルマー、もしお父様に会ったら伝えて。この一ヵ月、私とヴィクターで開戦を阻止するために動いていると」

『え、どういうこと？　そんなことが出来るの？』

目を丸くして首を傾げるエルマーに、私は「出来ると信じてる」と返し、慎重に言葉を選びながら続ける。

「一ヵ月だけ陛下に時間を頂いたの。その間にどうしても、やらなければいけないことがあって」

『え⁉　あのイングラム国の陛下に？　良く許可を頂けたね』

「あら、陛下にお会いしたことがあるの？」

私が逆に驚けば、彼は「まさか」と首を横に振った。

『噂《うわさ》で聞いただけだよ。本妻と側妻《そばめ》を同時に失ってから心を失った孤高の王、とか言われているの知らないの？』

「え、そんな噂があるの？」

『まあ、リゼが知らないのも無理はないか。これはイングラム国の城下の噂だから。僕は情報収集が得意だし、そういう噂はすぐ耳に入ってくるんだ』

あ、勿論《もちろん》情報源は秘密ね、なんて笑う彼に、私もつい笑ってしまう。

「そっか、エルマーは情報収集が得意だものね」

『そうそう、戦地で剣を振るったり魔法を使うよりは、そっち系統の方が僕は強いよ。だから、もし何か手伝えることがあったら言ってね』

「ありがとう、エルマー」

私が微笑んでみせれば、彼は『へへっ』と照れたように鼻の下を擦ってみせる。

すると突然、背後でガチャッと扉を開ける音が聞こえた。

そして、そこにいたのは。

「ヴィ、ヴィクター？」

私がそう呟《つぶや》けば、鏡越しにエルマーも、『ヴィクター殿下⁉』と驚いたように目を丸くする。

そしてヴィクターはエルマーの声を聞いて一瞬驚いたように鏡を見、そして私に向き直ったその瞳は。

「……どういうことか説明してもらおうか。リゼット」

完全に怒っていた。

（ヒィィィイ）

いや、冗談ではなく凄く怒ってない⁉

やましいことなんて何も無いはずなのに思わず硬直してしまう私に対し、鏡越しにエルマーが不躾《ぶしつけ》にもヴィクターをしげしげと見ながら言った。

『貴殿がリゼットの婚約者でいらっしゃるヴィクター殿下ですか。お綺麗《きれい》ですねえ』

（ちょっと！　貴方は元々そういう性格なのに加えて絶賛反抗期なのも知っているけど、この状況

でそんなふざけた態度はないでしょう⁉)

という私の心の叫びも虚しく、ヴィクターの声音がついに氷点下に到達する。

「あぁ、そうだが？　で、それを分かっていながらこんな代物を使ってまで何の用だ」

『代物って、それは完全に悪い意味で言っていますよね、酷いなあ。これは一応、ラザフォード家とアーノルド家が共同で作った、魔法をかけると相手に繋がるという魔法の鏡なんですよ？』

「……アーノルド？」

ヴィクターがアーノルド、という言葉に反応したのを見て、私は慌てて口を挟む。

「そうなの！　この人は私の幼馴染《おさななじみ》で、マクブライド国のアーノルド辺境伯家三男の」

『エルマーと申します。以後お見知り置きを〜』

「ちょっとエルマー！　王子であるヴィクターに向かってなんて口の利き方なの！」

と私が怒れば、それに反してヴィクターはククッと笑い出す。

(……げ)

お腹の底に何かを含むようなその笑い方に、嫌な予感がしたのも束の間、彼もまたエルマーに向かって口を開いた。

「俺は、イングラム国第二王子のヴィクターだ。以後、宜しく頼む。エルマー・アーノルド」

『えぇ、こちらこそ』

(笑ってない、全然笑ってないから！)

それに、何故かエルマーまでどす黒いオーラを放っているのは気のせいかしら⁉

なんて心の中で突っ込む私の腰に、不意に手が回る。

体を包む温もりに驚いて見上げれば、私を見下ろす真っ赤な瞳が二つ。

(近い……!)

なんて心臓に悪い!

と恥ずかしさで悲鳴を上げそうになるのを堪えたけれど、代わりにエルマーが黒い笑みを浮かべて言った。

『あぁ、そんなに僕がお邪魔ですか。分かりましたよ、お二人の邪魔は致しません。リゼット、一先ずこれで僕はお暇《いとま》するけど……、嫉妬深い男って嫌がられますよ?』

「⁉」

チラッとヴィクターを見て爽やかな笑みを浮かべて放たれたその言葉に、私とヴィクターは思わず石化してしまう。そんな私達をよそに、エルマーは手をヒラヒラと振って更に爆弾を落とす。

『ま、精々リゼに嫌われないように頑張って下さいね』

ではでは。

そう言ってエルマーが鏡に触れたことで鏡面に波紋が広がり……、やがて鏡は石化したままの私達を映し出した。

「あー、えーっと、ヴィクター。そろそろ腕を退けてくれないかしら?」

そう指摘すれば、彼は案外素直に物凄い速さで手を離した。

「すまない、つい」

そう言ってどこか落ち込んでいる彼に対し、疑問に思う。

(まさか、嫉妬深いって言われたことを気にしているの？)

「ヴィクター？　気にすることないのよ、あの人の言うことは大体冗談だから。それに、もう十五歳だというのにあーやってヴィクターにも憎まれ口を利くんだから」

「……十五歳、か」

そう考えるように呟いた彼に対し、私は頭の中がはてなで埋め尽くされる。

「気にするところはそこなの？」

「それは……っ」

ヴィクターはがばっと顔を勢いよく上げる。

驚いてヴィクターを凝視してしまった私に対し、彼は「あーもう！」とくしゃりと前髪を掻《か》き上げて言った。

「君の周りには、どうしてそんなに幼馴染の男が多いんだ」

「それって女友達が少ないっていう意味？　もしかしてヴィクターまで私を馬鹿にしてる？」

「い、いや、そういう意味では」

「ええ、そうよ！　私は辺境伯家の娘で魔法使いだから、女性は皆怖がって近付いてなんか来ないわよ！　その結果、周りにいるのは幼い頃からの腐れ縁の男性ばっかり！」

「リ、リゼット、悪かった。君の言いたいことは分かったから……、というか、俺が言いたいのはそこではないというか」

彼はブツブツと何か呟き、私と目がバチッと合うとそっぽを向いた。

それによって、ヴィクターの耳がほんのりと赤く染まっていることに気付く。

「……ふふっ」

「何故笑う」

今度は逆にヴィクターが怒るが、顔を赤くして明後日の方向に目を向けながら言われたらその威力も半減してしまう。

というより、可愛い。

「ねえねえ、ヴィクター」

「な、何だ」

私と視線を合わせない彼の服の裾をグイッと引っ張り、耳に顔を近付けると、こそっと耳打ちした。

「私、ヴィクターがやきもちやきでも嫌いになんてならないよ」

「い、いつ俺が、やきもちをやいたなんて言った！」

「ふふ、むしろその方が私は嬉しいかも」

そう笑って言えば、彼はより一層顔を赤くさせ、慌てたように話題を変えた。

「それで？　結局エルマーとかいう男は、君に何の用があって話をしていたんだ？」

途中から面白くなさそうに腕組みをして尋ねてきたヴィクターを見て、エルマーは完全に敵認定されたわね、と内心苦笑しつつ「何だったのかしらね」と首を傾げる。

「あーでも、あの人にはヴィクターの婚約者になったことを話していなかったから、心配してこちらに連絡をしてきたのではないかしら」

きっとエルマーが連絡を取ってきたのは、開戦の噂の真相を探るためなんだろうけど、さすがにヴィクターにそのまま伝えるわけにはいかず、誤魔化すためにそう口にすれば、ヴィクターは少し暗い表情を浮かべて言う。

「……それを言われると、心が痛いな」

「あら、どうして？」

ヴィクターは私の問いに対して何も返さず、ズーンと効果音でも付きそうなくらいの勢いで落ち込む。

(まだ罪悪感を感じているのかしら)

私をここに連れてきたことを。

「……ヴィクターは、私のことが好き？」

「きゅ、急にどうしたんだ」

彼は私の言葉に大きく狼狽《うろた》える。私自身も少し動揺しながらも、「良いから、答えて」と慌てて念を押す。

すると彼は口元に手をやり、小さく呻《うめ》くように「……好きだが」と視線を逸らして答えた。

その姿を見て、ふふっと笑う。

「私も好きよ、ヴィクター。貴方とこうして一緒に居られるだけで十分、幸せだわ」

「……そうか」

彼はそこで、漸く笑みを浮かべた。

ヴィクターにとっての幸せが、私にとっての幸せ。彼の笑みを見ると、今はそう心から思える。

そう感じていると、ふと彼は思い出したように言った。

「それにしても、その鏡は凄いな」

「あぁ、これね。先程エルマーが共同で作ったと言っていたでしょう？」

「あぁ」

「私達辺境伯家は、戦争時に指揮官同士、別々の戦地へ赴くの。その時に現状報告や情報をすぐに共有できるよう、連絡手段として作られたのがこれなの」

「なるほど。凄く画期的なものだな」

「そうよね、凄いと思うわ」

そっと鏡の縁をなぞって呟く。

「まさかここに持ってきているとは思わなかったけど。……もしかしたらこれを上手く利用すれば、何か有力な情報を得られるかもしれない」

「兄さんの魔法についてのか？」

「えぇ、エルマーは情報収集が得意なの。マクブライド随一の情報収集家だから、彼に頼めば何か情報をくれるかも、ってヴィクター、眉間に皺が寄ってるわよ」

エルマーという名前を出しただけで、ヴィクターは苦虫を嚙み潰したような顔をする。

そして彼は一言、「君には悪いが」とその表情のままで言った。

「あの男とは、仲良くなれそうにない」

「あ、はは、まあ悪い子ではないのだけれどね」

（それにしても、どうしてエルマーはあそこまでヴィクターのことを敵視していたのかしら？　流石に初対面の、しかも王子に向かってあんな口を利くような子ではなかったはずなのだけれど……、まさかまた良からぬ噂でヴィクターのことを誤解しているのかしら？）

「どうした？」

そんなことを考えていたら、ヴィクターの顔をじっと見つめてしまっていたらしい。

私に向かって首を傾げた彼に、「何でもないわ」と返しながら、今度もしエルマーに会ったらきちんとヴィクターに対する誤解を解こうと心の中で決めたのだった。

＊

「ヴィクター、本当に大丈夫？」

「あぁ。リゼットがいてくれれば、大丈夫だと思う」

そう言ってヴィクターはギュッと私の手を握ると、地下へと続く隠し通路に足を踏み入れた。

（そう言う割に、顔色が悪い）

私の魔法で出現させた灯りを頼りに、薄暗い階段を歩くヴィクターの背中を見て心配になる。

昨日、ヴィクターが私の元を訪れたのは、ウォルター殿下が地図に示した場所へ共に行ってほしいと頼むためだった。私はそれを承諾し、今日こうして一緒に向かっているけれど、ヴィクターの表情は昨日と変わらず、やはり何処か無理をしているように見える。

（貴方がそんな思い詰めたような表情をする方なんて、一体）

「ヴィクターは、その地図に書かれている場所が何処か知っているの？」

「あぁ。……ここは、城下にある薬屋の内の一つだ」

「薬屋？」

その言葉にハッとする。

（そうか。もしかしたらこの前、ヴィクターと共に城下を訪れた際にウォルター殿下を見かけたのは、彼自身が薬屋の常連だったから……だとしたら）

そう考え、意を決して口を開く。

「私、以前ヴィクターと宝石店に行ったでしょう？」

「あ、あぁ」

ヴィクターは、突然何を言いだすんだ、と驚いたように首を傾げる。

私は繋がれている手にそっと力を込め、言葉を続けた。

「ヴィクターがお店の奥に行っていた時……、ウォルター殿下をその薬屋さんで見かけた気がするの」

「本当か⁉」

突然肩を摑《つか》まれ、今度は私が驚く番で。

ヴィクターは「すまない」とハッとしたようにその手を退ける。

「こちらこそ、ごめんなさい。ウォルター殿下に確認してからと思ったのだけれど、お忍びで来ていたみたいだから聞いても良いものなのか分からなくて。ただ、ウォルター殿下だったということは間違いないと思うわ」

「……そうか」

ヴィクターはそう言って俯《うつむ》いてしまう。

そして、私は「後」と言葉を続けた。

「その時お店から出て来た方が、ウォルター殿下と親しげに話していたの。その方はね、……」

「！　やはり、俺の考えている人で、合っていたというのか」

そう言って力一杯拳を握りしめ、顔を歪《ゆが》めるヴィクターの暗い表情に、私もその人が誰なのか、薄々勘付いていたものが確信へと変わって。私は掛ける言葉もなく、彼と共に暗い地下通路を重い足取りで歩き続ける。

「ここだ」

複雑な地下通路を間違えないよう確認しながら進んでいくと、小さな水路に出た。そこから周囲に人がいないことを確認して地上へ上がり、地図の示した通りに行くと、路地裏に辿《たど》り着いた。

ヴィクターがそうポツリと呟き、私はその建物を見上げる。

そこはヴィクターの言う通り薬屋らしく、小さな看板がドアに吊り下げられていて。

「大丈夫？」

私の問いかけに対し、彼は曖昧に笑った、その時。

カランカラン、と小気味の良い鈴の音が鳴る。

「「っ！」」

それは、そのお店から、店員さんらしき人が扉を開けて外へ出て来たからで。

私とヴィクター、それからその人は互いの存在に気付くと、驚き固まった。

(間違いない。この人は、この前ウォルター殿下と共にいた方で、そして)

ドクン、ドクンと心臓が強く脈打つ。

そして、その店員……女性は黒い髪を揺らし、震える声で口を開いた。

「……ヴィクター？」

「っ」

そう親しげに彼の名を呼ぶ女性は、容姿が……ヴィクターに、とてもよく似ていて。

（やっぱりこの方は間違いなく、ヴィクターの）

「っ」

「待って、ヴィクター！」

私は咄嗟《とっさ》にヴィクターを呼び止めたが、彼は踵《きびす》を返して走り去ってしまう。

その女性も悲しげに顔を歪め、お店の中へ戻ろうとしたのを見て慌てて引き止めた。

「お待ち下さい！」

「！」

その言葉に、女性はゆっくりと振り返る。前髪から覗《のぞ》く紫の瞳が悲しげに揺れているのを見て、私ははっきりと尋ねた。

「貴女が、ヴィクター殿下のお母様でいらっしゃるメアリー様、ですよね？」

そう尋ねると、彼女はビクッと肩を震わせ、やがて長い睫毛《まつげ》を伏せると小さく頷《うなず》いた。それを見て思わずその方の手を握る。

そして、再度驚いたように私を見つめる紫の瞳を、真っ直ぐに見つめ返して言った。

「お願いです、彼と……、ヴィクター殿下ともう一度向き合ってあげて下さい。彼はいつも貴女のことを話す度、悲しそうな顔をしているんです」

「わ、私は、あの子に合わせる顔なんてありません。……あの子から、結果的に逃げてしまった私には」

「それなら尚更！　過去のことを……、真実を、彼に伝えてあげるべきです！」

「！」

「もし、このまま向き合わずに一生会えなくなってしまったとしたら……、貴女の傷と同様、ヴィクターの傷も一生癒えることはないでしょう」

私には、数えきれないほど沢山の後悔がある。

前世で失ってしまった家族だけではなく、ヴィクターのことだって、今世になって初めて、前世の彼に取り返しのつかないことをしてしまったと気が付いた。いなくなった後で、後悔してももう遅いのだということも。

だからこうして今、私に出来ることが彼のために……、彼の大切な人達のためになるのなら、私は。

「っ、お願いです！　ヴィクターとウォルター殿下、それから陛下とも、もう一度向き合ってあげて下さい」

私だけでは彼等の幸せをいくら願っても、叶《かな》えてあげられはしない。

私の知らない過去を、その時に負った傷を、私の力だけでは癒してあげることは出来ないから。

「どうか、彼を信じてここで待っていて下さい。必ず、ヴィクターを貴女の元へもう一度連れて来ますから」

そう念を押すと、彼女の手を離し、ヴィクターが走り去っていった方向へと走り出そうとするけれど。

「っ、待って！」

今度はメアリー様が私を引き止めた。メアリー様の大きな声に驚き、振り返った私に彼女は尋ねる。

「貴女はもしかして、ヴィクターの」

「あ……、申し遅れてしまい、申し訳ございません」

慌ててメアリー様に向かって姿勢を正すと、淑女の礼をする。

「私はマクブライド国から参りました、リゼット・ラザフォードと申します。ヴィクター殿下の婚約者です」

「！」

私はそう言って右手の薬指につけたルビーの指輪を彼女に見せ、笑みを浮かべる。

そして、今度こそヴィクターを捜すべくその場を後にしたのだった。

「ヴィクター、何処に行ってしまったのかしら」

ウォルター殿下の地図を手に街中を走り回って探しているものの、姿がどこにも見当たらない。

（ヴィクター、今日は変装をしていないし……、街中にいるとも思えないのよね）

騒がれるのはあまり好きではないと言っていたし、後は何処か彼が行きそうな場所は……。

「あるじゃない！　ヴィクターが昔から気に入っていた場所！」

前世で一度だけ、彼が私を連れて行ってくれた場所へと向かって走り出した――


それは、まだヴィクターに嫁いだばかりの頃。

当時の私は、彼とは関わり合いにならないようにしようと思いつつ、彼があまりにも……、結婚式の夜からずっと私の元に来ないことが気になり、せめて日中何をしているのかこっそり様子を見に行こうと思ったのだ。

（日中は確か執務室に居るはず）

そう思った私がそっと執務室を覗こうとすれば、ガチャリ、と扉が開く。

「「！」」

開いた扉の向こう側にいた人物……捜していた本人である彼は、真っ赤な瞳で私を見下ろし、冷ややかな口調で尋ねた。

「こんなところで何をしている」

「あ、えーっと、その」

（まさか貴方の様子を窺《うかが》いに来た、なんて言えるわけがない）

妻とはいえ、敗戦国から来た元敵。しかも軍隊にいた私が様子を窺いに来たなんて言ったら密偵だと疑われてしまう。

しどろもどろになって視線を泳がせていると、彼はふんっと鼻で笑って言った。

「言い訳も出来ないようでは、俺の偵察なんて出来る訳がないな」

「んな⁉　馬鹿にしていらっしゃるのですか⁉」

私がそう反論すれば、彼は「は？」と眉間に皺を寄せ、付き合ってられんと言って廊下に出て歩き出した。

その背を見ていた私だが、彼はピタッと立ち止まると、少しだけ振り返って言った。

「気になるのならついてくれば良い」

「え？」

その言葉に思わず疑問符を浮かべた私に構わず、彼はそのまま歩き出す。

一瞬どうしようか迷ったものの、何となく気になって彼について行くことにした。

そうして辿り着いた先は、城の裏手に位置する小高い丘の上だった。

「……わぁ」

思わずその絶景に目を見張り、感嘆の声を漏らす。

急勾配になっている坂の頂上に位置するこの城は、国全体を見渡せるほど高い場所にある。

だからその丘の上からは綺麗な城下の景色が眼下に広がった。

それを見た彼は、「ここの景色は気晴らしになる」とだけ言い、地面に座る。

そして遠くを見つめた。

その横顔を見て、私は思ってしまった。

なんて儚《はかな》げで、美しいのだろうと――


走りながら、そんな昔を思い出して考える。

(もしかしたら、あの時から私は)

もうとっくに、恋に落ちていたのかもしれない。

暗い地下通路を抜け、『秘密基地』の部屋へと続く階段をひたすら駆け上がる。部屋を出て、東塔の階段をまた一気に駆け下りる。

息が苦しい、足が重い。それでも。

(早く行かないと)

彼の元へ。今ならまだ間に合うの。

(貴方にだけは後悔して欲しくない)

私と同じ過ちを犯して欲しくないから。

(前世の私では、彼に声を掛けられなかった)

真紅の瞳の奥に何を抱えていたのか。何を考えているのか。今なら分かる気がするから。

(彼の幸せのほんの少しでも良い。私が貴方の幸せを手繰《たぐ》り寄《よ》せる力になれるのなら)

小高い丘の上には前世とは違い、色とりどりの小さな花々が咲いていていた。

そんな花を、私の髪や頬を、さぁっと暖かな風が撫《な》でる。

(やっぱり、ここにいた)

漆黒のマントが風に揺れ、前世と同じ姿勢で、表情で遠くを見つめるその横顔は。

(本当に綺麗)

だけど、前世とは違って、同時に胸が締め付けられるように痛い。私は無意識にギュッと手を握り締めた。

そしてそっと彼に近付き……、前世では声を掛けることすら躊躇《ためら》った彼の名を呼ぶ。

「ヴィクター」

「……っ」

私の声に弾かれるように振り返った彼の表情は、酷く悲しげで。その表情に、更に心が締め付けられる。

「どうして、ここが分かったんだ」

そう弱々しく、掠《かす》れた声で言った彼に対し、慌てて誤魔化す。

「い、一度貴方がここを訪れているところを見たことがあって」

(今世で貴方がよく来る場所かどうかは、分からないけど……)

一か八か口にしてみると、彼は苦笑交じりに笑った。

「そんなところまで見られていたのか。気が付かなかった」

「こ、声を掛けなかったから」

しどろもどろに言いながら彼の隣に座る。

(こうして隣に座るのは新鮮だわ)

前世で嫁いだ時、彼と初めて一緒に過ごした場所。言葉もなければ、ほんの僅かな時間しか過ごしていない。

けれど、その日見た景色も、彼の横顔も、不思議なことに今でも鮮明に覚えている。

あの時は彼との距離感が分からなくて、ただその姿を少し後ろから見ているだけだった。

けれど、今は違う。

「リゼット」

「は、はい」

急に名前を呼ばれ驚けば、ヴィクターは視線を逸らしながら呟くように言った。

「そんなにじっと見つめるな」

「ご、ごめんなさい」

指摘されて、自分がヴィクターの顔を凝視してしまっていたことに気付き、慌てて景色に目を向ける。

そして、改めて口にした。

「やっぱりこの場所は素敵ね」

「あぁ。気晴らしに良くこの場所を訪れるんだ。……リゼット？　泣いているのか？」

「え？」

慌てて頬に手をやれば、濡れた感触が指先に伝わる。そこで初めて自分が泣いていることに気付き、涙を拭って言った。

「嫌だ、ごめんなさい。私、最近泣いてばかりね」

その理由は分かっている。

ヴィクターを見ていると、前世のことを思い出すからだ。

彼から逃げてしまった、あの『前世』を。

「ヴィクター」

彼の名を呼べば、戸惑ったような表情を浮かべながらも、私の頬にそっと手をやり、「何だ」と涙を拭ってくれながら、私の言葉の続きを待つ。

そんな彼の手を両手で握ると、そっと言葉を紡いだ。

「やっぱり私、貴方に後悔してほしくない。ここで過去と、お母様と向き合わなければ、きっと貴方はこれから先、後悔すると思うから」

前世で嫁いだ時には、既にウォルター殿下は亡くなっていて。

お母様が生きているのか、話すらも聞いたことがなくて。

そんな前世で貴方はいつも辛そうな表情をしていた。

生意気だと思われてしまうかもしれない。

嫌われてしまうかもしれない。

けれど。

「っ、貴方の『本当の幸せ』は、私だけでは叶えてあげられない」

私の力だけでは彼を、本当の意味で心から笑顔にしてあげることは出来ない。

だから。

「一人ではないから。私も貴方と一緒に、過去と向き合うから」

「……リゼット」

「頼りないかも、しれないけど」

「そんなこと」

そう言った彼は、もう片方の大きな手で逆に私の手を包み込むように握った。

そして、私の目を真っ直ぐに見て言った。

「もう逃げない。過去のことからも、母さんや兄さんのことからも……、だからもう一度、一緒に行ってくれないか」

そう言葉にした彼を見て私は立ち上がると、繋いだままのその手を引く。

一緒に立ち上がった彼を先導するように歩き出しながら、私はそっと笑みを浮かべて言った。

「お母様が待っているわ」

その言葉にヴィクターは驚いたような表情を浮かべ、やがて、「あぁ」と力強く頷く。

ヴィクターの表情は相変わらず緊張しているようで硬かったけれど、私の手を力強く握り返してくれたのだった。

そうして私とヴィクターが再度メアリー様の元を訪れた時には、陽は西に沈みかけていて。そんな私達を待っていたのか、メアリー様はお店の前にいた。

「ね、ヴィクター」

(お母様は貴方を待っていたのよ)

その意味を込めて、私はヴィクターの背をそっと押す。

前に進み出たヴィクターの気配を感じ、メアリー様は顔を上げ、二人が真正面から向き合う形になる。

暫しの沈黙の後、先に口を開いたのはメアリー様だった。

「ヴィクター。貴方を……、幼い貴方に何も言わずにいなくなってしまって、本当にごめんなさい」

「！」

そう言って、メアリー様はヴィクターに深く頭を下げた。そのまま、震える声で続ける。

「今更、どんな顔をして貴方に会えば良いのか、分からないけれど、逃げてしまった過去のことも含めて全て、貴方に話したいことが沢山あって……っ」

お母様はそこで言葉を止めた。

それは、ヴィクターがメアリー様の肩にそっと手を置いたから。

メアリー様に代わり、今度は彼が言葉を紡いだ。

「正直、俺は貴女のことを恨んでいた。どうして俺を置いていったのか。ウォルターがどうして、貴女の居場所を知っていたのに言わなかったのか。聞きたいことは沢山あるのに、いざ貴女と向き合うと怖くなってしまった。だけど」

「！」

彼は振り返ると、私を見て微笑んだ。

「今は、一人ではないから」

そう言い切った彼の横顔を見て、私は胸が高鳴るのを感じた。

メアリー様は私達を見ると、流れた涙をそっと拭う。

そしてヴィクターは、それに困ったように笑って口を開いた。

「きちんと話を聞きたい。過去にあった、本当のことを全て」

ヴィクターも私も、メアリー様の言葉を待っていると、少しの間の後にメアリー様は口を開いた。

「ええ、勿論よ」

彼女はそう言って、私達を薬屋の中へと通してくれる。

私達が通された部屋は、階段を上がった二階の一室だった。そこには、薬剤の調合に使うのだろうか、沢山の実験器具などがあって。

「ごめんなさいね、少し手狭だけど」

「いいえ、大丈夫です。このお部屋は？」

「新薬の研究をする場所よ。ここで色々な薬の調合も行っているの」

そう言って、彼女は棚の中から小瓶を取り出しながら私とヴィクターに尋ねる。

「ハーブティーはお好きかしら？」

「はい、好きです」

ヴィクターも私に同意したことで、彼女はお湯を沸かしてくれ、私達の目の前に温かいハーブティーの入ったカップを置いてくれた。

そして、メアリー様は席に着くと話を切り出す。

「こうして、大人になったヴィクターと、その婚約者様と話せる日が来るだなんて夢にも思わなかった。……自ら手放しておいて、こんなことを言うのは筋違いかもしれないけれど」

そう言って、お母様は、力なく笑う。

その表情は、まるでヴィクターを慈しむかのように見えて。私は心の中で思った。

メアリー様は決して、ヴィクターを嫌いで城に置いていったのではなく、何かしらの事情があって彼と共にいられなかったのだと。

「そうね、貴方には話していないことが沢山あるわ」

「……俺がまだ幼かったからですか？」

「ええ」

重い話だから、と彼女は伏し目がちに言う。

「ウォルター殿下とレベッカ様は、たとえ意図的でなくても、魔力が勝手に発動してしまうことで、周囲にいる人々が何を考えているかが口に出さずとも分かってしまう。だから、いくら隠し事をしようとしてもお二人にはバレる。たとえそれが良いことであっても悪いことであっても」

「っ」

それは、私もいつも考えていたことだ。

あの魔法を持ってしまった彼等は、どんなに苦しかっただろうと。

「どれだけ辛いかなんて、魔力持ちでない私からしたら想像もつかなかった。そうして、いつも何処か無理をして笑顔を作っているような彼等を見ていたら、貴方に……、ウォルター殿下より五つも年下の、幼いまだ十歳の貴方に、全てを話すのは怖いと思ってしまった。だから、言えなかった」

「「！」」

メアリー様はそっと涙を拭うと、「でも」と言葉を続ける。

「結果的に私達がした行動は、貴方達を深く傷付けることになった。私達は親失格ね」

「っ」

ヴィクターはギュッと拳を握りしめる。

メアリー様は少し息を吐くと、私とヴィクターを交互に見て言った。

「全て、お話しするわ。貴方達の知らない、この国の『過去』を――」

始まりは、二十数年前……、ヴィクターが生まれるより前、メアリー様が陛下、それからレベッカ様に出会った時のこと。

伯爵家に生まれたメアリー様は、結婚より人の役に立つ職業に就きたいと幼い頃から考えていた。

そんな彼女の夢だったのが、『薬師《くすし》』になり、患者の病気や怪我を治すこと。

夢を胸に成長した彼女は、医師や薬師になるための専門の学校に通い、数少ない女性の中でも頭脳明晰《めいせき》で勤勉であると評判になった。

そして、トップの成績を残した彼女はある日、王城からお呼びがかかり、イングラム国の『王宮薬師』として働くこととなった。

「王宮の薬室は、とても素敵な場所だった。貴重なお薬や材料が備わっていて、研究第一の私にとっては宝庫のような場所だった」

そこで働き始めたある日、直接陛下からお呼びがかかった。

『会って欲しい方がいる』と。

「その方が、幼いウォルター殿下を育てているレベッカ様だった」

当時、レベッカ様の評判はあまり良いものではなかった。

それは、親に捨てられ、孤児院で育った彼女に一目惚《ひとめぼ》れした陛下が、周囲の反対を押し切って結婚したから。

「出自は不明、そして、人には言えない『魔力』を持っているせいで、彼女は生まれつき体が弱かった」

メアリー様は王妃殿下の秘密を知らされた上で、『あること』を頼まれた。

「陛下から直々に請われたの。『私達の力になってくれないか』と」

当時の陛下は、レベッカ様やウォルター殿下の魔力を制御、もしくは解呪する方法を探していた。

全ては、愛している彼等の『短命』という運命を変えるため。

「それを知った時、助けたいと強く思った。私にとって彼等は、私にはないものを持つ、憧れの夫婦だと思っていたから」

王宮薬師として彼等の役に立てるのなら。

レベッカ様、ウォルター殿下の短命の運命を変える術が何かあるのではないか。

「そう思った私は、いくら側に居ても怪しまれないよう、彼等の秘密をお守りするために陛下に嫁ぐ形をとった」

幸い、彼女は伯爵令嬢という身分があったため、周囲の反対は少なかったそうだ。

「そうして始まった四人での生活はとても楽しかった」

側妻になったとはいえ、一研究員の彼女は薬室に居ることが殆《ほとん》どだった。

ただ、レベッカ様はいつも彼女に気を遣ってくれたという。

「研究につい没頭して遅くなってしまった時は、『あまり無理をしないで』と彼女は言ってくれたし、又、私の前では彼女は嬉しそうにしてくれたの」

『いつも一人ぼっちだったから、貴女が来てくれて嬉しい』

と、心の底からそう言って微笑んでくれる彼女を見て、メアリー様は陛下が必死に彼女を守ろうとしていることにも頷けたという。

「そんな時間が過ぎていったある日、私のお腹に新しい命が宿ったのを知った」

「それがヴィクター殿下、ですか?」

私の問いに対し、彼女は「ええ」と頷くと、言葉を続けた。

「レベッカ様も一緒に、まるで自分のことのように喜んで下さった。ウォルター殿下にも、『貴方に弟が生まれるのよ』とそう言って……、幼いウォルター殿下も、嬉しそうに笑って『お兄ちゃんになる！』と言ってくれたわ」

そうして、ヴィクターは無事に誕生した。

ウォルター殿下と共に日に日に成長していく姿に、彼等は喜んでいた。

「ただ、幸せな日々は長くは続かなかった」

それが十年前、突然の出来事だった。

「レベッカ様が目の前で倒れられて、そのまま昏睡《こんすい》状態に陥ったの」

（それはまるで、今のウォルター殿下と、同じ……）

「目を覚まさない彼女と、いくら探しても見つからない助け出す術……、日を追う毎《ごと》に、私や陛下、当時幼かったウォルター殿下にも焦りや不安が募っていった」

そして、レベッカ様が眠りについてから三ヵ月後、彼女が夢に現れた。

「『ごめんなさい、今までありがとう。貴女が居てくれて、本当に良かった』と。そう言って、死なないでと止める私に対して彼女は、いつものように微笑みを浮かべて言ったの。『陛下を、ウォルターを、ヴィクターを守って』と。それだけ言い残して、彼女は翌朝、この世を去った」

「「っ」」

私達は息を飲む。

私もヴィクターもある程度予想していたことではあったと思う。レベッカ様とウォルター殿下は同じ魔力を持ち、短命であるという運命にあると。

だがそれは、私達が考えているよりもっと、残酷な現実だった。

「同じような夢を陛下やウォルター殿下もそれぞれ見ていて、私達は相談し合った。ヴィクターにこのことを話すべきか」

「それで」

ヴィクターが言葉を発したのに対し、メアリー様は「ごめんなさい」と謝った。

「貴方はその時まだ十歳で……、天真爛漫《てんしんらんまん》な貴方の笑顔をなくしたくはなかった。この話をしてしまったら嫌でも、同じ魔力を持っているウォルター殿下の未来も、同じように想像してしまうだろうと。だから、この話は一切ヴィクターの前ではしないと、そう三人で決めたの」

「……っ」

ヴィクターは言葉を詰まらせた。それは、私も同じだった。

（もし私がメアリー様と同じ立場だったらどうしていただろう。我が子を守りたいと思う気持ちも、何も知らされずに不安を感じ、孤独を抱えていたヴィクターの気持ちも、どちらも分かってしまうから）

私とヴィクターが俯いたのに対し、彼女は少し言葉を震わせて言った。

「だけど、三人で封じ込めようとしたことは、心の内では、そう簡単に消えるはずがなかった」

レベッカ様の死を境に、残された四人の家族の絆を紡いでいた歯車はそこから徐々に食い違い始めていく。

「レベッカ様が亡くなって、陛下は誰よりも悲しんでいた。私はその背中を見て慰めようとしたけれど、出来なかった。だって私は、こうなってしまわないよう、陛下に頼まれて城に居たのに」

そう言った彼女は、その瞳に悲しみの色を宿す。

(そうか、メアリー様がレベッカ様のお側にいるようになったきっかけは、陛下にレベッカ様達をお救いするよう頼まれていたから)

「今更、私はお慰め出来る立場ではない。当時の私は陛下にどんな顔をして言葉を掛けるべきか分からず、彼が悲しみに暮れているのを側で見守ることしか出来なかった」

彼女はギュッと拳を握りながら、呟くように言った。

「陛下は悲しみに暮れ続けた結果、性格が一変してしまった」

「もしかして」

私が言葉を発せば、ヴィクターがそれに続いて言葉を発した。

「『ウォルター』を守る為に戦争を始めた」

「ええ」

ヴィクターの言葉に、メアリー様は小さく頷いた。

「彼は、皆に御乱心されたと噂された。でも本当は違う。貴方の言う通り、ウォルター殿下を守る為に剣を取った。彼は、レベッカ様の遺言通りに、同じ宿命を持つウォルター殿下を守ろうとしたの」

彼女曰《いわ》く、陛下の考えはこうだった。

レベッカ様とウォルター殿下の魔力は特質で、それがバレ、目をつけられたら悪い者達に利用されてしまう。だから、秘密裏に魔力についての情報を探るしかない。

そこで一番手っ取り早いと陛下が考えたのは、敵国に勝ち、その地を支配下におくことで、数少ない秘密を知っているこの城の者達に、その地に魔力についての何か手掛かりはないか、裏で情報を探らせることが出来ると。

「陛下は、そんなことを」

ヴィクターの表情が苦痛に歪む。

(家族を守るために、多くの血を流してきたなんて)

メアリー様は俯いた。

「私も何度も陛下を止めようとした。だけど、陛下は聞く耳を持ってはくれなかった。それが間違いであると彼自身も理解していながら」

その言葉を聞き、疑問が浮かぶ。

「そういえば、ウォルター殿下も魔法を使って、陛下の手助けをしていると仰っていたのですが

「……」

私の言葉に、メアリー様は「そう」と悲しげに口にした。

「それは、ウォルター殿下が陛下を『監視』して、罪を重ねないよう努めてくれたから」

「どういうことですか？」

「約束してくれたの。ウォルター殿下は、私と。『父さんにこれ以上、私だけの為に罪を犯して欲しくない。だから、私の魔法を使って父さん……陛下を導きます』と」

「兄さんが？」

ヴィクターと私は驚き、顔を見合わせた。

ウォルター殿下は陛下の戦争の手助けをしていると思ってはいたが、まさか彼が魔法を使っていた理由は、陛下がこれ以上罪を犯さないよう見張るためだったなんて。

「『元はといえば自分のせいなのだから、この件は自分でケリを付けたい』と。ウォルター殿下は自ら、魔法を使うことを決意して……、言葉通り、彼は陛下に助言をすることで導いていった」

陛下が進軍するのは、絶対王政を強いる王族達が豪遊し、民達が怯《おび》え暮らしているという国ばかりだった。

それは、ウォルター殿下がわざとそういう国を選んでいるのだとメアリー様は言った。

「でもまさか、平和の国である隣国のマクブライド……、リゼット様の国にまで攻め入るとは思ってもみなかった」

「きっと、陛下はこの大陸で唯一、魔力を持っている私達辺境伯がいる国から情報を得たかったのだと思います」

私はギュッと拳を握る。

(陛下の罪を許すわけではない。前世でお父様が亡くなったのも、リランが亡くなったのも、イングラム国側が戦争を仕掛けてきたことによるものであることに変わりはないのだから)

「リゼット」

ヴィクターに名を呼ばれ顔を向ければ、心配そうに私を見つめる彼が視界に入る。私は「大丈夫」と頷くと、メアリー様を見て話を続けるよう促す。

メアリー様は短く息を吐くと、今度はヴィクターを見て言った。

「そうして、ウォルター殿下と陛下が戦争に行っている間、私と貴方は二人きりになった」

「……覚えています」

ヴィクターの表情は暗い。メアリー様も同様に暗い表情を浮かべて言葉を紡ぐ。

「私は、ヴィクターが眠りについた後、毎日夜通し敵国から得た情報……、魔法についてやその国の風土などについて調べた。けれど、手掛かりは何処にもなかった」

その頃から、嫌な噂を耳にするようになった。

『レベッカ妃亡き後、正妃の座が空いている』

『正妃の座はどうなる？』

『側妻であるメアリー妃が、正妻になるのではないか？』

『レベッカ妃は、噂では体が弱かったと聞く』

『もしかしたら、メアリー妃が側妻に入ったのは、レベッカ妃が亡くなるのを待ち、正妃になろうと企んでいたからではないか』

「なんて酷いことを」

メアリー様がどんな思いで、彼等を助けたいと必死になって情報を探していたのか。知りもしないでそんなことを言うなんて。

「くそっ」

ドンッと、ヴィクターは拳を机に打ち付けた。その手は、怒りから震えていて。

メアリー様はヴィクターの手を横目に見て、「ごめんなさい」と再度謝った。

「私はそれを聞いて、居ても立ってもも居られなくなった。このままでは、陛下やウォルター殿下にまで御迷惑をかけてしまうと。そう思い、ヴィクターを連れて城から逃げ出してしまおうと考えた」

「⁉」

（ヴィクターを連れて？）

メアリー様は「でも」と俯きがちに言った。

「この国の第二王子であるヴィクターを連れて行くことをためらう自分がいた。私は伯爵家の娘で、すでに嫁いだ身であるから、帰る場所なんてない。当てのない未来を、手探りで居場所を見つけるなんて、ヴィクターには辛い思いをさせるだけだと。それに、ヴィクターは城に居る方がずっと幸せになれると。自分に言い聞かせて、私は一人で生きていくことを決意した」

それは、メアリー様にとって大きな決断だった。

ヴィクターは初めて、メアリー様の本当の気持ちを知ることになる。

「私は、皆が寝静まった真夜中を見計らって、東の塔の隠し通路を使って外へ出ようとした。けれど、そこにはウォルター殿下がいたの」

顔を合わせれば、心を読めるウォルター殿下にはメアリー様が何をしようとしているかなんて当然バレる。殆ど何も持たず、鞄《かばん》一つで真夜中に外へ出ようとした彼女をウォルター殿下は引き留めた。

だけど、メアリー様はウォルター殿下の言葉に決して首を縦に振らず、懇願した。

「『このことは秘密にしておいて欲しい』と。『ヴィクターを私の代わりに守って欲しい』。そんなことまで彼に託して私は、何の当てもなく外へ出たの」

メアリー様は息を吐く。その頬を涙が伝い落ちた。

「何日も人目につかないよう、なるべく人気の少ない森の中をさまよって……、気が付けば、自然と足は実家である伯爵家へと向かっていた」

「その後、どうなったのですか？」

「私はそこで力尽きて倒れてしまって。見張りの門番がそんな私を見つけて、ボロボロになって倒れていることに驚いて早急に家族を呼んだ。怒られるかと思えば、家族が怒りの矛先を向けたのは、陛下だった」

メアリー様はそう言って瞼《まぶた》を閉じる。

「王城に殴り込みに行くと父が言うものだから、私は必死に押さえた。勿論、彼等は魔法のことなんて知るはずがないから、私がどうして城を出て来たかも知らない。だから、私のことを陛下に知らせなくて良いから、ひっそりと生きていきたいと必死に懇願したの」

メアリー様は、何か事情があって息子であるヴィクターでさえも置いて来た。

そう感じた家族は、詳しい事情を聞くことはせず、彼女の望みを叶えるため、顔馴染みであった、城下にある小さな薬屋に住まわせることにしたという。

「それが、この場所だった」

そう言って、メアリー様は部屋を見回した。

「陛下は、居なくなった私を何度も探し出そうと、ここを含めた薬屋を訪ね回っていたそうなのだけど、皆が必死に隠し続けてくれたお陰で何とかバレずにここにいることが出来た」

それから数年が経ち、外へ出られるようになったメアリー様の前に現れたのは。

「すっかり大人の男性になった、ウォルター殿下だった」

どうしてここが分かったのかと問えば、彼は笑って答えた。

「『こういう時のために私の魔法はあるから』と。その一言で私は全てを察した」

彼はメアリー様の実家を訪ね、その時に御家族の心を読んだのだろう。

そして、メアリー様がここにいることを知っていながら、陛下には伝えず、数年を経て現れた。

「その日からウォルター殿下は私を訪ねて来るようになった。ウォルター殿下は来る度に、ヴィクターや陛下の話をしてくれた」

「俺の、話？」

メアリー様は頷く。

「貴方が元気だと聞いた時はとても嬉しかった。だけど、結果的に貴方を一人にしてしまった上に、家族ともあまり口を利かず、笑顔も見せなくなったと聞いて……、私は、遣る瀬無い気持ちでいっぱいだった」

その瞳から、ポタッと一粒また涙が零れ落ちる。

メアリー様は「泣いて謝ったって罪は消えないけれど」と涙を拭きながら言う。

「あの日、貴方を置いて逃げてしまった時からずっと後悔していた。私の選択は、本当に良かったのだろうかと。城の中のことから目を背けた私が、こんな平和な場所に暮らしていて良いのだろうかと……、一日たりとも貴方を忘れたことなんて無かった」

「っ」

ヴィクターは、下を向いた。

俯いた顔からは何を考えているかは読み取れない。

そんなヴィクターを見て、メアリー様は言葉を続ける。

「一度、ヴィクターに私がここにいることを伝えようかとウォルター殿下は言ってくれたけれど、私はその言葉に頷きはしなかった。今更、貴方は自分を捨てたも同然の母親に会おうなんて思わないだろうと」

「っ、そんなことはないっ！」

反論したのは、ヴィクターだった。

驚く私達に対し、彼は言った。

「ずっと、貴女の姿を、答えを探していた。置いて行かれたことを憎いと思うことなんてしょっちゅうだったし、会いたくないと思いもした。置いて行かれた理由も何も分からず、自分が何かをしたのか、将又《はたまた》怒らせてしまったのか、いくら考えても分からなくて。謝るから、悪いところは直すからとそう何度も考えて……、でも心の底から憎むことなんて出来なかった。ただ、生きていて欲しいと、そう願って。俺だって忘れたことなんて一度も無かったんだ。……母さん」

「……っ!!」

ヴィクターは、そうはっきりとメアリー様の目を見て口にした。

それを聞いた瞬間、メアリー様の目からは堰《せき》を切ったように涙が溢《こぼ》れ落ちる。

その様子を見て、私はそっとハンカチを差し出して言った。

「私が、口を出すようなことではないかもしれませんが、貴女がこうして生きていてくださったことを皆、本当に良かったと思っていると思います。……亡くなって、全てを失ってからでは、遅いから」

私がそうポツリと呟けば、メアリー様はハッとしたように私を見る。

それに対して黙って微笑みを浮かべてみせると、その手にハンカチを握らせ、ギュッとその手を包み込んだ。

「だから、これからはしっかりと、ヴィクターに向き合ってあげて下さい。彼の目の前から居なくなってしまった時間を、取り戻してあげて下さい」

お願いします、私はそう言って頭を下げる。

それに対し、メアリー様は微笑んだ。

「ありがとう、リゼット様。……ヴィクター、貴方は素敵な人を見つけたのね」

その言葉に驚き、私が思わず顔を上げれば、ヴィクターは、その綺麗な真紅の瞳で慈しむかのように私を見つめていて。

思わず息を飲む私に対し、彼はえもいわれぬ綺麗な笑みを浮かべ、「はい」と頷き、メアリー様を見て言った。

「俺の、自慢の婚約者です」

と。

それに対し思わず赤面してしまう私を見て、メアリー様は初めて、心から幸せそうな笑みを浮かべられたのだった。

「貴方達に会えて本当に良かった」

来てくれてありがとう、そう言う彼女に対し、私は「こちらこそ」と礼を述べる。

「過去のことを話して下さって、ありがとうございました。これでようやく、彼等の気持ちに寄り添うことが出来ます」

ヴィクター、ウォルター殿下、それから陛下にも。

前世では考えようともしなかった彼等の行動の真意が、何となくでも分かった気がするから。

(それに、それらの行動は全て民達や家族の為であるということも)

「メアリー様も何となくお察しかとは思いますが、ウォルター殿下は今、私達に『願い』を託して眠りについていらっしゃるのです」

「それは」

メアリー様のハッとしたような顔に私は頷き、言葉を続ける。

「そのために、私達が今動いています。彼を助ける術を探すために。私とヴィクターの、人生をかけて」

「母さん。もし、兄さんの魔法について何か知っていることがあれば、教えて頂けませんか」

そう言った彼に対し、メアリー様は「そうね」と立ち上がると、ポケットから小さな手帳を取り出し、私達の前に差し出した。

「これを。私がずっと研究していた、彼等の魔法の調査結果を書き記したものよ」

メモ書きで申し訳ないけれど。そう言って差し出された手帳を受け取ると、中には彼等の魔法の効能、用途、体力などが詳細に記されていた。

「こんな貴重なものを、お借りしてもよろしいのですか？」

私の言葉に彼女は「えぇ」と頷く。

「私ではレベッカ様を救うことが出来なかった。でも……、貴方達なら何か奇跡を起こせそうな、そんな気がするの。こんなことを言うのはおかしいかもしれないけれど、私からもお願いさせて。私達の、レベッカ様や陛下の大切な子を、どうか救って」

お願いします、と彼女は涙交じりに訴え、頭を下げた。

私とヴィクターは顔を見合わせ頷くと、手帳をギュッと大事に抱え持って言った。

「はい。必ず、ウォルター殿下のお命をお救い致します。お母様方やヴィクター、陛下は勿論、私にとっても大切な方です。それに、ウォルター殿下にはまだきちんと感謝も伝えられていませんから」

（ウォルター殿下は、私が未来から来てやり直していることを知った上で、私を信じてヴィクターともう一度向き合うよう、背中を押してくれた。彼が居たから、ヴィクターとこうして向き合え

て、私自身でも気が付かなかった、前世からの想いが彼と初めて通じあった）

それなのに、その感謝も伝えられず、お別れなんてしたくない。

それに、ヴィクターが思い描く幸せな未来の中には、お兄様である彼の姿もあるはずだから。

「頂いた情報を決して無駄には致しません。必ず、ウォルター殿下を救い出してみせます」

私がそう言うと、隣に座っているヴィクターも「俺も」と口にする。

「兄さんに伝えられていないことが、沢山あるから」

「ふふっ、そうね」

彼の照れたような口調に思わず笑みを溢せば、彼もふっと笑いを返してくれる。

そんな私達を、メアリー様は優しい眼差しで見つめていたのだった。


メアリー様と別れて城に戻る頃には、綺麗な星々が藍色の空で輝いていた。メアリー様から借りたランプに魔法で火をつけ、ヴィクターの隣を歩く。

「リゼット」

「何？」

「ありがとう」

彼の真っ直ぐなその言葉に、私は反射的に顔を上げた。ランプの明かりに照らし出された彼と目が合って。そんな彼に対し、「どういたしまして」と答え、私は言葉を紡ぐ。

「正直、余計なお世話だと怒られてしまうかと思った」

「君が世話焼きだなんて今に始まったことではないだろう？」

「そ、それは迷惑って意味よね⁉」

私が思わずヴィクターの言葉に食い気味にそう言えば、彼は「いや」と首を横に振って言った。

「迷惑とかそういうことではなくて……、ハラハラするというか、驚くことはあるが……、ってリゼット？」

（それって絶対褒めてないわよね⁉）

ヴィクターの言葉に少し落ち込んだ私は、下を向いてしまう。

「ごめんなさい、私、すぐ無茶をして危なっかしいと父にも良く叱られたものだから……」

そう言った私の頭に不意に温かな手が載る。ハッとして顔を見上げれば、彼は困ったように笑って言った。

「謝らなくて良い。それが君の良いところでもあるのだから。あまりにも無鉄砲過ぎる行動はこちらの心臓がもたないから考えものだが……、少なくとも俺は感謝している。こうしてもう一度、母と語り合える日が来るとは夢にも思わなかったから」

そう言って嬉しそうに微笑むヴィクターを見て、私も思わず笑みが溢れる。

「ふふっ、それなら良かったわ」

「あぁ。だから、自信を持て。俺はそういうところも含めてリゼットが好きなのだから」

また、不意打ちを食らった私が赤面してしまって。

彼自身も顔を赤くしながら、少し先を歩く。

そして、「俺は」と口を開いた。

「君のように、真っ直ぐすぎる程、素直に言葉を伝えることは苦手で。先程のように他者に誤解を与えやすいから、正直リゼットが羨ましい」

初めて聞く彼の言葉に思わずギュッとその手を握った。

それによって驚く彼に向かって口を開く。

「確かに、ヴィクターは他人に誤解を与えやすい方なのは良く知っているわ」

前世の時からそうだったもの、と心の中で呟く。

(でも)

「その言動には全て貴方なりの優しさが含まれているということも、私は分かっている。それでもし、ヴィクターが誤解を与えてしまうことがあったとしても、私は貴方の味方だし、その誤解を解くことに努めるわ。だから貴方こそ、堂々と胸を張っていれば良いの。私も、その……、そういうところも含めて貴方のことが好きなのだから」

「リゼット」

彼の真紅の瞳がランプに照らされた炎によって妖艶に揺らめく。

その艶《あで》やかな色を纏《まと》った瞳が近くなるのにハッとして、私は慌てて彼の口を押さえた。

「ヴィ、ヴィクター！　ここでは駄目！　公共の場！」

と私が言えば、彼は一瞬がっかりしたように見えたのも束の間、心なしか嬉しそうに押さえていた私の手を摑み口を開いた。

「そうか、公共の場でなかったら良いのか」

「そ、そそ、そういうわけではな……っ」

私が彼に向かって反論しようとすれば、嬉しそうに摑んでいた手に軽く口付けを落とされる。

きっとこれ以上ないほど赤くなっているであろう私に対し、彼は耳元で囁《ささや》いた。

「城に戻るのが楽しみだな、リゼット」

「か、からかっているでしょう！」

「さあ？」

そう言って何処までも艶《なま》めかしく笑う何枚も上手《うわて》な彼に対し、私は口では怒りつつもその言動に翻弄され、一向に鼓動が鎮まらないのだった。

＊

翌朝。

「……さて、これからのことなんだけど」

朝食を取り終えたヴィクターと自室へと移動すると、私から話を切り出した。

「メアリー様から頂いたこの手帳に書かれていたことに、昨晩ざっと目を通させて貰《もら》ったの」

「昨夜は遅く帰って来たというのにそれから読んだというのか⁉」

「ま、まあそういうことね」

ヴィクターが口調に怒気をはらませたのを感じ、私は一瞬怯《ひる》みながらも慌てて言葉を発する。

「そ、それはともかく！　この手帳には、メアリー様が長年研究して来た彼等の魔法……、『透視魔法』の能力、又使用後の疲労やその他体への影響などが書かれていたわ。レベッカ様を対象としているようだから、ウォルター殿下と体力差はあるかもしれないけれど、大体は一緒と見ると、やはりこのままではウォルター殿下の余命は早ければ二ヵ月というのは本当かもしれない」

「そうか」

ヴィクターの顔が強張る。

私も「だから」と慎重に言葉を紡ぐ。

「陛下から頂いた時間が一ヵ月を切っている今、余裕はない。私達が少しでも判断ミスをしてしまえば、取り返しのつかないことになってしまう」

「……あぁ」

ヴィクターは頷き、ギュッと拳を握りしめて言った。

「要するに、判断を誤らずに的確に助ける術を見つけ出さなければいけない、ということか」

「ええ、その通りよ。だから考えたのだけど、一番良い方法として私達の他に『協力者』を増やすのはどうかなって」

「協力者?」

ヴィクターの言葉に頷けば、彼は「でも」と戸惑ったように口を開く。

「この魔法のことは、国家機密だぞ?　うかつに口外することは」

「私もそう思った。だけど、私達だけではとても手が回らないと思う。この手帳の情報量を何年もかかって集めているということは、あと一ヵ月だけでは十分な情報収集は出来ないと思う。……だから以前、陛下が考えたことを行動に移してみようと思うの」

「父上が考えたこと?　それは一体」

ヴィクターが首を傾げたのを見て、私はそれを説明するべく口を開いた。

第二章

——ガタンッ、ガタン。

　揺れる馬車の中。

　窓の外の移り変わる景色を、ヴィクターは興味深そうに見つめて言った。

「のどかな場所なんだな」

「貴方の国とは違ってここは建物より自然の方が多いの。そういえば、ヴィクターはマクブライドに来るのは初めて？」

「……戦地を駆け回って国境に居たくらい、だな」

　少しの沈黙の後、そう暗い表情で答えた彼に対し、私は慌てて言葉を返す。

「そ、そうなのね。でも、ここもイングラム国に負けず、とても良い所なのよ。自然が豊かで、農作物も豊富に取れるの。今度来る時は私が案内するわ。……と言っても、城下にはあまり行ったことはないから森しか案内出来ないと思うけれど」

　肩を竦《すく》める私に対し、彼は「そうか」と微笑みを浮かべて言った。

「君の生まれ住んだ場所を訪ねるのは、とても楽しみだ」

「……そう言われると、何だか恥ずかしいわ」

口にした丁度その時、走っていた馬車が止まった。

私は「着いたみたい」と言って、扉を開けて先にその地へ降り立つ。

彼も馬車から降り立ったのを見て、私は少し畏まったように笑みを浮かべて言ってみせた。

「ようこそ、ラザフォード家へ」

そう言ってから私が、久しぶりに訪れた、生まれ育った家を見上げて小さく、「ただいま」と口にすると、こちらに向かって走ってくる足音が耳に届いた。

「リゼット！」

「お姉様〜！」

「お父様、リラン！」

私は走ってきたリランを抱き締め、お父様に向かって口を開いた。

「突然押しかけてしまってごめんなさい」

「良いんだよ、リゼット。ここはリゼットの家なんだ、いつでも帰ってきたら良い」

「ふふっ、ありがとう、お父様」

私がそう言って笑みを浮かべれば、お父様も笑みを返してくれる。

そして今度はリランに目を向けると、リランは桃色の瞳をキラキラとさせて「お帰りなさい！」と嬉《うれ》しそうに言った。私はそんな姿を可愛いと思いつつ、「ただいま」と返し、リランに頬擦りをする。

その間にお父様は私の後ろにいたヴィクターに視線を移し、厳しい口調で言った。

「ヴィクター殿下。あれからリゼットに酷い仕打ちをしてはいないだろうな？」

お父様が発する不穏な空気に私は慌てて言葉をかける。

「お、お父様、それは誤解よ！　ヴィクターはそんな方ではないわ」

思わずヴィクターの前に進み出れば、お父様は私を見て「まあ、良い」と再び口を開いた。

「リゼットに免じてここに滞在することを許可するが、もしリゼットを傷付けるような真似をしたらすぐに追い出すからな」

「お父様！　ごめんなさい、ヴィクター。お父様、過保護なところがあるから」

踵《きびす》を返し、リランを連れて家へと戻るお父様の後ろ姿を目で追ってから、気を悪くしているだろうとヴィクターに謝れば、彼は「良いんだ」と首を横に振った。

「実際、君の父上の気持ちはよく分かるし、信じてもらえないのも分かっている。和平条約を君との婚姻を条件に突きつけて、君達を離れ離れにさせてしまった原因は、俺が作ったんだから」

その言葉に私は引っかかって首を傾げる。

「でも私との婚姻って、そもそもの原因はヴィクターではなく、陛下の御命令からでしょう？」

「そ、それは」

彼が言葉を濁したのを見て、私は「そうよね」と言葉を発した。

「陛下の御命令だもの、ヴィクターだって断りきれないわよね」

「それは違……っ」

ヴィクターは否定しかけたが、何故か目を伏せてギュッと拳を握った。

その行動の意図はよく分からなかったが、この話はやめた方が良いと判断した私は「でも」と言葉を続けた。

「どんな理由があったとしても、今では貴方と出会えて良かったと思っているわ。ヴィクターも、そう思ってくれているでしょう？」

そう彼に尋ねれば、彼は驚いたような顔をしたものの、ふっと笑みを浮かべて「あぁ」と頷《うなず》く。

私はそれだけで十分だ、と心の中で思いながら微笑みを返した後、ふと思い立ち話を変えた。

「そういえば、よく陛下がここに滞在することを許してくれたなと思ったのだけど、大丈夫だった？」

「あぁ。一週間だけならと何とか許可を得た。もっとも、帰って来なかったら即開戦だと脅されたが」

「では、その一週間で何が何でも情報を見つけ出さなければね」

そんな私の言葉に対し、ヴィクターは神妙な顔をして頷いた。

そう、私達がわざわざこうして国境を跨《また》いでまで足を運んだ理由は、陛下も考えていたことであろう、この家にある『魔法』にまつわる資料の中から有力な情報を得るため。その中にもしかしたら、『透視魔法』に関する資料があるかもしれないと、そう考えたからだ。

（ラザフォードは歴史のある家。だからここにならば、国立図書館にもない文献があるかもしれない）

それに、魔力持ちであるお父様も、もしかしたら何かを知っているかもしれない。だからこうして、実家に滞在する事にしたのだ。

「でも、もし何も見つけられなかったとしたら……、ウォルター殿下を助ける道は極めて少なくなると考えた方が良いわ」

「そう、だな」

ヴィクターは再び拳をギュッと握り締める。

私はそんな彼の暗い表情を見て慌てて言った。

「そ、そのためにも、出来ることを精一杯やればきっと道は見えてくるはずよ」

「そうだな」

ヴィクターが頷いた後、どちらからともなく並んでお父様達の後を追うように歩き出す。

家へと向かう途中で、私は彼の横顔を横目で見て思わずギュッと胸の前で手を握り締めた。

（ここでもし何も見つけられなければ、本当に絶望的だわ。そうなれば、恐れている最悪の事態を招く事になってしまう。前世と同じ未来を、歩む事になってしまう。そうならないように、こうして私はここにいるのだから。弱気になっては絶対に駄目）

何としてでもここにいる間に手掛かりを見つけ出さなければ。

大切な人達を守るために、絶対に。

「それで、リゼが私に頼みとはどんな事だい？」

少し遅めの昼食を取っていると、私より先にお父様からそう切り出された。

その言葉に、隣で食べているヴィクターと視線を合わせて頷くと、私はお父様に向かって口を開いた。

「そう、そのことなんだけれど、私達は今、戦争を止める為に動いているということはエルマーから聞いているでしょう？」

私の言葉に、お父様は真剣な顔をして「あぁ」と頷いた。

私はそのまま話を続ける。

「陛下が戦争をする理由はね、『ある人』を助けるためなの」

「……助けるため？　イングラムの陛下は今までそれで戦争を起こしてきたと言うのか？」

「えぇ」

私が小さく頷けば、お父様は「そうか」と言ったきり黙ってしまう。

私は慎重に言葉を選びながらお父様に向かって口を開く。

「いくら大切な人を守るためとはいえ、多くの人々を犠牲にするのは間違っていると思う。だから、そんなことをせずとも大切な人を助けられることをイングラムの陛下に証明したいの」

「……」

お父様は黙って私の話を聞き、考え込んでいたかと思うと、やがてゆっくりと口を開いた。

「確かに、陛下の大切な人を是が非でも守りたいという気持ちは分かる気はするが、そのためになら何をしても良いというわけではないな」

そう言ったお父様の橙《だいだいいろ》色の瞳は、私達が座っているダイニングの後ろの棚に向けられていた。

その視線の先にはお母様の姿絵があることを私は知っているから、お父様はお母様のことを思い出しているのだと悟る。

（お母様が病気で亡くなる前、お父様は国中を走り回って有効な薬は無いかと探していたと、大きくなってから侍女に聞いたわ）

私は心配になってお父様を見つめる。

その視線に気付いたお父様は、「大丈夫だ」と微笑んで言った。

「リゼの力になれることがあるのなら私は協力する。それに、人を救いたいというのなら尚更、私に出来ることがあれば何でも言って欲しい」

「お父様、ありがとう！」

私はお父様の温かい言葉が嬉しくてそう口にすれば、お父様は少し照れたように笑いながら口を開いた。

「それで、その方は一体どんな危機に直面しているというんだ？　その人を守るために戦争をするだなんて、よっぽどのことなんだろう？」

「……そのこと、なんだけれどね。これから話すことは、他言無用でお願いしたいの」

「あぁ、分かった」

お父様が頷き、人払いを済ませたのを確認してから、私はウォルター殿下の名前は伏せて、『透視魔法』という魔力持ちの方がいること、それから、その魔力を持つ方々は短命であるということを簡単に説明する。

話し終えると、お父様は驚いたように目を見開いた後、顎に手を当て口を開いた。

「『透視魔法』という魔法は今まで耳にしたことはなかったが、昔短命の魔力を持つ者達がいるというのは聞いたことがある気がする。確か、この地とは陸続きではない、遥《はる》か遠くの地に存在するというのを文献で読んだ覚えがある」

「その本は何処で⁉」

私が思わず食い気味に問えば、お父様は「確か」と考え込みながら言った。

「この家の書庫にあったかもしれない」

「では、その書庫に行けば」

私の言葉に、お父様は「そのことなんだが」と念を押すように言った。

「この家の書庫は、本来当主以外は立ち入り禁止なんだ」

「あ……」

（そうだ、この家に所蔵してある本は国家機密と言っても過言ではない。実際、マクブライドの国王直々に、辺境伯家がその一切の管理を任されていると聞いたことがある。だから、幼い頃私が入ろうとしたら怒られたこともあった）

その事実を思い出し、思わず黙ってしまう私に対してお父様は私の目を見て言った。

「ただ、今回は例外だ。同じ魔力持ちとしてその方の命を救うためにも、戦争を食い止めるためにも一刻を争う。だから、特別に入室を許可しよう」

「それは本当⁉」

思わず身を乗り出した私に対し、お父様は「ただし」と念を押すように言った。

「あの部屋にある書物は書庫の外へは絶対に持ち出さないこと。それが条件だ。後の責任は私が負う。良いね、リゼット」

「はい」

お父様の言葉に私は姿勢を正し、心に誓う。

（お父様に迷惑はかけられない。気を引き締めないと）

そう自分に言い聞かせ、ギュッと拳を握り締めると、今度はヴィクターに向かってお父様は口を開いた。

「ヴィクター殿下。君にも特別に書庫に入る許可を与える。ただし、マクブライドに関する情報の一切の口外を禁ずる。それで良いな」

「はい、勿論《もちろん》です」

お父様のまるで警戒するような言葉と、それに対してヴィクターが真剣に頷いたのを見て私の胸は痛くなる。

そんな私をよそに、お父様は私に目を向けると柔らかい口調で言った。

「こちらでもそのような魔力持ちを救う手立てがないかを模索してみるよ」

「ありがとう、お父様」

お父様は私に温かな笑みを浮かべてくれる。

だけど私は、胸につかえるものがあった。

(やはり、お父様はヴィクターを信用していない)

お父様がヴィクターに向ける視線や態度を見て、改めてそう感じてしまう。

どうしたら彼を信じてもらえるのだろうか。

ヴィクターは噂《うわさ》のような冷血な方ではないと。本当はただ不器用なだけで、優しくて温かい人なのだと伝える方法があれば良いのに。

(それに、リランも)

リランがヴィクターに向ける視線もあまり良いものではない。

きっと彼女はまだ幼いから、私を取られたと思っているのだろう。

(またここに帰って来られて嬉しいと思う反面、ヴィクターは歓迎されていないことがはっきりと

伝わってくるのが辛い）

ヴィクターだってきっと勘付いていると思うし、居心地が悪いだろう。

（この家にいる間は彼となるべく行動を共にしよう）

そして絶対に、この滞在期間中に皆が彼に抱く誤解を解こう。

そう私は心の中で決意したのだった。

「ここがヴィクターの部屋ね」

「あぁ。ありがとう」

そう言って彼は、真紅の瞳をその部屋に向けた。

ラザフォード家の本館は三階建てになっており、三階には私達家族の主な居住スペース、二階が客室、一階にダイニングルームや使用人部屋などがある。

そして私の部屋の丁度真下に位置する客室を、ヴィクターには一週間使ってもらうことにした。

「離れている時にもし何かあったらこの上の部屋を訪ねて。そこが私の部屋だから」

「分かった。ありがとう、リゼット」

私はその言葉に頷き、「じゃあ早速、行きましょうか」と言って彼と共に書庫へと向かう。

書庫は三階、私達の居住スペースから少し離れた、この家の最奥に位置している。昼間でも薄暗く、まるで隠し部屋のように存在するその部屋は、使用人どころか家族も立ち入り禁止となっている。

「皆立ち入らないから、もしかしたら少し埃《ほこり》っぽいかもしれないわね」

　私も入ったことがないから分からないけれど、と言いながら、お父様から預かった書庫の鍵を鍵穴に差し込んだ。そして、ガチャリと大きな音を立てて開錠し、そっと扉を押し開けば。

「す、ごいな」

「え、ええ。本当」

　思わず言葉を失ってしまうほどの大量の本が、ヴィクターの身長を優に超える本棚に所狭しと並べられている。

「……この中から見つけ出すのか？」

「そう、みたいね」

（ここにこんなに本が大量にあるなんて知らなかったわ）

　驚き思わず絶句してしまう私は、彼に「とりあえず手分けして順番に中身を調べてみよう」と言われ、ようやく我に返って頷いてから足を踏み入れた。住んでいた私でさえも、この部屋は立ち入り禁止で近寄ることも許されなかったから、思わずキョロキョロと部屋の中を見回してしまう。そんなことをしている間に、ヴィクターは棚にある本を見て私に向かって口を開いた。

「『魔法』という単語が入っている本だけを取り出せば良いと思うから、その本だけ選んで残りは本棚に戻すしかないな」

「え、ええ。それしかない、わよね」

隠しきれない動揺と焦りが私の心に渦巻く。

滞在期間は一週間しかないというのに、無事に手掛かりになりそうな本をこの中から見つけ出せるのか……。

「リゼット」

「っ」

不意に名を呼ばれ、ハッと顔を上げれば、ヴィクターはポンポンと私の背中を優しく叩《たた》いて言った。

「大丈夫、二人で力を合わせればきっと見つかる」

そう言って微笑みを浮かべ、本棚へ向かう彼の後ろ姿を見て冷えていた体温がじんわりと温かくなる。

(不思議。ヴィクターが居てくれると思うと何でも出来る気がする)

私は自分を鼓舞するように、努めて明るく口を開いた。

「そうね、頑張らないと！」

そう言って腕捲《まく》りをして、ヴィクターとは反対側の棚から本を探す私は、彼がこちらを見て微笑んでいたことになんて無論、気が付くことはなかった。

＊

「とりあえず、この本棚にある『魔法』に関する本は全て集められたはずなんだけど、『透視魔法』や『短命の魔法』については今のところ一切記述がない」

何百冊とある内の十数冊が魔法に関する本だったが、これといってヒントになりそうなものは見つからなかった。

私は自然と溜息《ためいき》を吐くと、彼は「まあ」と口を開いた。

「そんなにすぐ見つからないかもしれないが、今日だけで少なくともこれだけの魔法関連の本があることが分かったんだ、それだけでも良かった」

「そうよね……。よし、今日は後もう少しだけ頑張りましょう」

私がそう言って立ち上がったその時、「お姉様」と、ほんの少し開いていた扉の隙間からリランが顔を覗《のぞ》かせた。

「リラン⁉　どうしてここに」

「眠れないの」

そう言って眠そうに目を擦るその片手には本が握られていて。

「もしかして、その本を読んで欲しいの？」

リランがここに来た理由が分かり、そう尋ねれば、彼女はコクンと小さく頷いた。そんな彼女を見て、「どうしよう」とヴィクターに目を向ければ、彼は真紅の瞳を少し細めてリランを見てから私に言った。

「読んであげると良い。ここは俺がやっておくから」

「ごめんなさい、ヴィクター。すぐ戻って来るわね」

私はそうヴィクターに告げてリランを抱きかかえると、彼女の部屋へと向かった。

そして、彼女の部屋へと着いた頃には。

「ふふ、寝てしまったのね」

久しぶりの読み聞かせだ、と思っていたのも束の間、移動している間にリランはすやすやと寝息を立てて眠っていた。

「本当に可愛いわ」

（なんて言ったら、妹バカも良いところかしら）

と彼女を起こさないようベッドに下ろし、自分に突っ込みながら、彼女の頬にそっとキスをする。

そして掛け布団をかけ、「お休みなさい」と言ってその場を後にしようとして、ふとある物に目が留まった。

それは、リランが私に読んでもらおうと手に握っていた一冊の古い本だった。

（これは、私が幼い頃に良く読んでいた本だわ）

私も、お母様にこれを読み聞かせて欲しいと良くねだったものだっけ。

（確かこの本は、古《いにしえ》から伝わるという、何でも叶《かな》えてしまう魔法を持った魔女が居て、森の奥深くに住むその魔女を訪ねるお話だったかしら）

その本の表紙をそっとなぞり、私は「なんて……」と自嘲気味に笑った。

（そんな童話のような魔女が居たら、苦労しないか）

そう思いつつ、パラパラと本をめくった時、その一番後ろのページが何故か破られている痕跡を見つけた。

（そういえば、このページだけは昔からなかったんだっけ）

心に引っかかったものの、いつまでもここで油を売っているわけにはいかないと思い、その本をそっとリランの側において部屋を後にした。

ヴィクターが居る書庫へと戻れば、私に気が付いたヴィクターは本から顔を上げた。

「早かったな。もう君の妹は寝たのか？」

そうヴィクターに尋ねられ、私は「えぇ」と頷くと、少し笑って言った。

「私が抱きかかえている内に安心して眠ってしまったみたい」

「はは、可愛いな」

「えぇ、とっても。寝顔も可愛かったわ」

そう笑って言えば、彼は「そうか」と笑った後、ふっと笑みを消し、ポツリと呟《つぶや》くように言った。

「君の妹は、俺を恨んでいるだろうな」

「そんなこと」

私が反論しようとすれば、彼は首を横に振った。

「まだあんなに幼いのに、俺は君をあの子から奪うようにしてイングラムに迎え入れてしまった。俺が十の時に母親がいなくなって嫌だと感じたのに、結局同じことをしてしまっているんだ。君の妹だって」

「っ、だから！　私はヴィクターと一緒にいて後悔なんてしていないと言っているでしょう！」

私は思わず、ヴィクターの頬を両手で押さえて言った。状況が飲み込めていないのか、目をパチパチと瞬かせる彼に対し、私は言葉を続ける。

「いい？　今後一切、そうやって卑屈になったり後ろ向きな発言をしたりするのは禁止！　それに、リランは確かにまだ幼いけれど、どちらにせよ私と居られるのも、どちらかがお嫁に行くことになるのだから時間の問題だったわ。……あの子には寂しい思いをさせてしまっているかもしれないけれど、決して会えない距離じゃない。心はずっと側にあると思っている」

だから、と私は言葉を続けた。

「決してそんな態度をあの子の前で見せたりしないで。子供はそういう感情の機微を感じ取るものよ。ヴィクターが悪いと思っているのを知ったら、それこそ彼女は怒ると思うわ。……それとも、ヴィクターは私がお嫁に来なくても良いと思っている?」

「そんなこと、思うはずがない」

ムキになったようにそう即答する彼に対し、私は思わず笑ってしまう。

そんな私に、彼は「何だ」とムッとしながら口にするものだから、「ごめんなさい」と謝りつつ笑みを浮かべて言った。

「ふふ、そういう顔をすると、まるでリランのようだわ」

「幼いと言いたいのか⁉」

「ええ」

私が迷いなく頷けば、彼は顔を真っ赤にして黙ってしまう。

(あら、からかいすぎたかしら?)

私は気を悪くさせたかと思い、彼の顔を覗き込もうとすれば、ぐいっと腕を摑《つか》まれ引き寄せられて……、唇に温かな感触を感じる。

「⁉」

その掠《かす》め取《と》るような、ほんの一瞬の出来事に私が思わず唇に手をやれば、彼はふっと笑って言った。

「俺がもし幼かったら、こういうことは出来ないだろう?」

そんな彼の言葉に今度は私の頬に熱が集中するのが分かって。

それを見た彼は、妖艶に笑うのだった。

＊

「……ん」

薄暗くて少し埃っぽい部屋の中。

私はふっと目を覚ました。

（ここは、書庫？）

向かいの席に座って眠っているヴィクターを見て、私は昨夜、深夜遅くまで二人で本を調べている内にそのまま眠ってしまったことに気が付く。

そして、静かに寝息を立てて眠っているヴィクターをまじまじと見つめた。

（それにしても、綺麗《きれい》な寝顔）

真紅の瞳は瞼《まぶた》が閉じられていて見えなくなっているけれど、元々この人、顔の造りが綺麗なのよね。

（陛下もメアリー様もウォルター殿下もお綺麗だから、美形一家なのね）

そんなことを考えながら彼の顔を眺め、彼を起こそうと手を伸ばした。

すると、その手を不意に摑まれる。

「何だ、起きていたの」

驚いてそう言えば、彼は「熱っぽい視線を感じたからな」と笑い交じりに答える。

そしてふわっと欠伸をして目を細めて言った。

「俺の顔に見惚《みと》れていたのか？」

「し、知らない」

図星を突かれてそう返せば、彼は肩を震わせてククッと笑った。私は恥ずかしくなってぷいっと顔を背けると、丁度その視線の先にあった扉が少し開いていることに気が付く。

そして、その隙間から覗く桃色の瞳にも。

「ふふ、リラン。おはよう」

私がそう扉に向かって声をかけると、そっと扉を開けたリランが「おはようございます、お姉様」と淑女の礼をしてくれた。

「朝食の時間かしら？」

「はい」

リランがそう頷いたのを見て、私は「行きましょう」とヴィクターに声を掛け、彼と共に部屋を出る。そして、思いついてリランの前で立ち止まると、リランに人差し指を口に当てて小声で言った。

「ここに朝までヴィクターと居たことは、お父様には内緒ね」

でないとお父様、いらぬ心配をするだろうから。

私はその意味を込めてリランにウインクしてみせれば、リランは少し目を見開いて、やがてコクンと小さく頷いてくれたのだった。


「それで、何か手掛かりは見つかったかい？」

朝食を食べている最中お父様にそう問われ、私は首を横に振った。

「それが全然なの。まだ書庫にある本の大半が確認出来ていないし、その中にあった魔法に関する本を読んでみたけれど、その殆《ほとん》どがでたらめばかりだったわ」

「あぁ、もしかしたら、世間一般で認識されている魔法使いの正体がどのようなものか、推測している学者の本を読んだのだろうね」

「要するに、魔法を実際に見たことがない学者達の見解を書いた書物ということね。あまりにもでたらめだから、捨てても良いと思う程だったわ」

「ははは……。まあ、あれも大切な文献なんだ。魔力を持っていない民は、我々のような魔法使いをどう捉えているのかが分かるからね」

お父様の言葉に、「それもそうね」と頷き返す。

そして、隣に座っているヴィクターがあまり朝食に手を付けていないことに気が付き、声をかけた。

「ヴィクター？　具合が悪い？」

「あ、いや。そうではない」

「じゃあ口に合わないとか？」

心配になって尋ねるも、ヴィクターは「大丈夫」の一点張りで。何度尋ねてもそう答えるばかりだから引き下がったものの、何処か思い詰めたような表情をしているヴィクターが気になってしまう。

それを見ていたお父様が、そういえば、と口を開いた。

「今日、リゼットに来客があると言っていた」

「私にお客様？」

一体誰だろうか。

考えてみたものの分からず首を傾げた私は、お父様に「どなた？」と聞いてみたが、「来てからのお楽しみだ」とお父様は笑って言った。

（何故教えてくれないのかしら）

とモヤモヤしている内に食べ終えたお父様が、「御馳走《ごちそう》様でした」と言って席を立つ。

そして、ヴィクターを見て言った。

「ヴィクター殿下。後で話がしたいから、食べ終わり次第私の部屋に来てくれるか」

「はい、分かりました」

ヴィクターの言葉にお父様は頷いて、部屋を後にしてしまう。

残された私とヴィクターとリランは顔を見合わせた。

「お父様がヴィクターに話があるなんて」

「怒ってるのかなあ」

リランの言葉に、ヴィクターの表情が分かりやすく強張る。

それを見て慌ててリランに向かって口を開いた。

「リラン、そういうことを言わないの。ヴィクター、大丈夫よ。お父様はそんなに怖い方ではない、はずだから」

「……全く説得力が無いんだが」

私が言《い》い淀《よど》んだのを見過ごさず、そう突っ込まれて思わず苦笑いを浮かべる。

(それにしても、どうしてヴィクターだけ？　リランの言う通り、私がいないのを良いことに彼に説教でもするつもりなのかしら？)

心配になってヴィクターを見やれば、彼は少し笑って「大丈夫」と先程と同じ言葉を述べ、少しずつ食べ進めるのだった。

お父様の言葉通り、ヴィクターをお父様の部屋へと案内した私は、部屋の外で彼を待っていることにした。

（それにしても遅いわね）

すぐ終わる案件かと思いきや、もうかれこれ三十分以上は経っているというのに一向に話が終わる気配はなくて。さすがに不安になって来た。

（お父様はヴィクターと何を話しているのかしら……。本当に説教だとしたらどうしよう）

乗り込んで行った方が良いか。いや、でもそんな不躾《ぶしつけ》な真似は出来ないし……。

本気でそう思案していると、不意に侍女に声を掛けられた。

「お嬢様。お客様がお見えになられました」

「もう⁉　え、ちょ、ちょっと待って、まだ何も支度が出来ていな……」

「リゼット！」

「きゃ⁉」

名を呼ぶ声と同時に、私の視界が突如暗転する。

「誰でしょう？」

そう近くで問われ、私は少し息を吐いて、「そんなのすぐに分かるわ」と私の目元を覆った手を退けながら、その人の名を口にする。

「エルマー」

「ふふ、御名答」

さすが、僕の幼《おさな》馴染《なじみ》だね♪

なんて笑うエルマーに、私は「貴方ねえ」と口を開いた。

「家の主人が迎えに来るまでは待機していなさいといつも言っているでしょう。どうして貴方は」

「えー、だって君と僕との仲でしょう？　良いじゃない別に」

「良くない！」

全く反省する素振りを見せない幼馴染に対し、深く溜息を吐く。

（それにしても、やはり十五歳でもまだ可愛い部類に入るのね）

私と同じ年である彼の身長は、私とは然程変わらない。ただそれが、前世で二十歳前後になった頃には、目覚ましい程の成長を遂げ、凛々《りり》しい男性へと様変わりしていったのを覚えている。

（今思い出したけど、エルマーのその姿で思い出すのは……）

そんな前世の彼と今の彼がふと重なって見えたと同時に、ガチャッと扉が開く。

そして、そこから現れた真紅の瞳が私に向けられた。

「リゼット、ここで待っていてくれたのか？」

「そ、そう。心配だったから」

「すまない。少し長く話をしていたものだから……、って君は確か」

ヴィクターがそう言いながら私の隣にいた幼馴染に気付くと、私に向けるものとは確実に違う視線を彼に放った。それを見て、私は慌てて口を開く。

「そ、そう！　この子はこの前紹介した」

「リゼットの幼馴染で、辺境伯家のエルマー・アーノルドと申します。以後、お見知り置きを」

胸に手を当てお辞儀をするその姿に、私はあら、と驚く。

(私の話を遮ったのは良くないけれど、この前の自己紹介よりは良くなった気がするわ)

そう思っている間にもエルマーの言葉は続く。

「そして貴方が、リゼの婚約者のヴィクター殿下ですよね」

「……あぁ、そうだが」

そうヴィクターが返した瞬間、エルマーはヴィクターに近付き、挑発するかのように完璧なまでの笑みを浮かべながら爆弾発言をした。

「丁度良かった。貴方様がリゼに本当にふさわしい『婚約者様』かどうか、ここにいる間に確かめさせて頂きますね」

そう発せられた幼馴染の予想だにもしていなかった言葉に、私とヴィクターは再び石化してしまう。

何ともいえない微妙な空気に耐え切れなくなった私は、ヴィクターに替わって部屋に入り、バタンッと扉を閉じると、摑みかからんばかりの勢いでお父様に詰め寄り声を上げた。

「お、お父様！　何故エルマーがここに⁉」

私の勢いに驚いたお父様は少し目を見開いた後、首を傾げて口を開く。

「何故も何も、彼にはリゼがここにいる間の助っ人を頼むことにしたんだ」

「助っ人ってまさか、例の『魔法』についての情報収集を頼む人のこと⁉」

「あ、あぁ。とりあえず同じ魔法使いと言ったら、アーノルド家しかいないだろう？　試しに連絡を取ってみたら彼が立候補してくれてね。って、リゼ？」

　私はお父様の言葉を聞き、頭を抱えた。

（その助っ人がよりにもよってエルマー……。確かに、あの子は情報収集が得意だし、『手伝えることがあったら言ってね』なんて言ってくれてはいたけど、まさかここに来るとは思わなかったわ。それに何より、ヴィクターに対するあの態度にはハラハラするというか何というか……、とにかく嫌な予感しかしない）

　私はお父様に向き直ると、「ありがとうございます」と一応礼を述べた。

（お父様は、ヴィクターとエルマーの相性が物凄ーく悪いことを知らないんだもの、仕方がないわよね）

　お父様は「あ、あぁ」と少し戸惑ったように頷く。

　それと、と私は話を変えた。

「お父様、先程ヴィクター殿下と何を話していたの？」

「それは」

　お父様は何か口を開きかけたが、「男同士の約束事だ」とだけ言うとふいっと顔を背けられてしまう。

「お父様！　それはどういう意味なの？　目を逸らさずにきちんと答えて！」

（三十分以上話しておいて『男同士の約束事だ』で誤魔化すことはないでしょう！　説教したならそうと言ってくれないと、彼を慰めようもないわ）

私が怒ったのを見て、お父様はうっと声を詰まらせたが、それでも口を割ろうとはしなかった。

「すまない。リゼの頼みでもそれは言えない」

私は頬を膨らませてみせると、お父様に再度向き直って言った。

「お父様の馬鹿っ！　嫌い！」

「えっ」

お父様の傷付いたような表情を横目に、私はべーっと舌を出して部屋を出る。

そして目の前には、何故か距離が近いヴィクターとエルマーの姿が。

「……何をしているの」

私から出た言葉は、思ったより冷たくて。

多分、何も教えてくれないお父様に対するイライラが募っていたからだと思う。

それに驚いた二人は私を見ると、エルマーは「じゃあ、また」なんて言って何処かへ去って行き、ヴィクターは彼の背中を睨《にら》むような目で追ってから私を見る。

そんな彼に向かって今度は優しく尋ねた。

「どうしたの？」

何かあった、と尋ねれば、彼は「……いや」と言葉を濁した。そんな彼等の態度に、私の心の中で言い知れぬモヤモヤが広がる。

(どうして私には皆、何も教えてくれないの?)

「……リゼット?」

ヴィクターが心配そうに私の顔を覗き込む。

それにハッとして私は慌てて首を横に振った。

「な、何でもない」

私の言葉にヴィクターは眉を顰《ひそ》め、私の顎に手をかける。

それによって、ぐいっと上を向かされ、真紅の瞳とバチッと目が合い驚けば、彼は「何でもなくはないだろう」と言った。

「どうしてそんな顔をしている? 具合でも」

「っ、違う! 放っておいて!」

苛立ちやら恥ずかしさやらで訳が分からなくなった私は、パチンッと、思わずその手を払いのけてしまう。

「……あ」

気が付いた時にはもう遅い。

ヴィクターの顔を見ることが出来ず、ただ「ごめんなさい」と俯《うつむ》いて小さく謝った。

（完全に八つ当たりだわ）

すぐに謝ろうと口を開きかけたものの、先に口を開いたのはヴィクターで。

「俺の方こそ、しつこくしてしまってすまない」

そう言った彼の表情は、酷く傷付いていて。

だけど、無理をしたように笑みを浮かべながら、私の肩にポンと手を置くと言葉を続けた。

「先に書庫へ行っているから。落ち着いたら来ると良い」

「ヴィ……」

私が呼び止める前に、彼は行ってしまう。

（私は……）

ヴィクターを前にするとどうしてか、素直に言葉を紡げない。

彼は私に『素直で羨ましい』と言ったけど、全然そんなことはない。

それだけではなく、私も、多分彼も隠し事をしている。

（分かっているの。人には一つや二つ、言いたくないことだってあることくらい。それなのに）

どうしても知りたいと思ってしまう。

彼が今、どう思っているか、何を考えているのかを。

（どんなに近くにいても心はずっと遠くにある、そんな気がしてしまう）

彼にどんなことでも話して欲しいと思う反面、本音でぶつかり合うのが怖いと思ってしまう自分もいて。

（それは多分、彼に……、ヴィクターに、嫌われたくないから）

私の今抱えている『我儘《わがまま》』を彼に伝えて嫌われるのを、恐れている。

「……っ」

いつからこんなに、私は我儘で欲張りになってしまったのだろう。

それだけ彼に対する思いが強すぎることを知って戸惑う自分がいて。

「お姉様？」

ハッとして振り返れば、私の服の裾をギュッと握り、心配そうに私を見上げるリランの姿があった。

涙目の私を見た彼女は驚いていたが、涙を堪えることが出来ず、彼女をギュッと抱き締める。

「お姉様？」

戸惑ったように、リランが私の名を呼ぶが答えることが出来ない私に対し、彼女はそれ以上は何も聞かず、そっと私の頭をその小さな手で撫《な》でてくれた。

そんな彼女にすがるように、私は暫く泣いてしまったのだった。

「……はぁ」

リランと別れ、自室へと戻った私は、涙を流した為に腫れ上がってしまった瞼を冷やしては温めるのを繰り返しながら溜息を吐いた。

（ヴィクターに会うの、気まずいな）

彼の傷付いたような表情を思い出しては傷付く自分がいて。

それに、彼の側にいればいるほど、彼を知れば知るほど、どんどん気持ちは募り、溢《あふ》れそうになるばかりで。

「彼を束縛するつもりなんてないのに」

そう呟いたその時、ポチャンと水滴が落ちる音が耳に届く。

その音に、私は慌てて机の上に置いていた鏡を取り出し、応答した。

「エルマー？」

『そうだよー』

そんなエルマーの呑気《のんき》な声に私は思わずクスリと笑ってしまう。

それに対しエルマーは、『なんか面白いこと言った？』と首を傾げたから、私は首を横に振り尋ねた。

「それよりどうしたの？　何故部屋に来ないでわざわざ鏡を使っているの？」

『……君と二人で会うのは、後が怖いというか』

エルマーの言っている意味が分からず、今度は私が首を傾げる番だったが、彼は曖昧に笑って言った。

『それよりさ、君が助けたい人のことなんだけど。簡単にラザフォード辺境伯から聞いただけだから、その人の魔法がどんなものなのか、もう少し詳しく聞きたいと思ったんだ。後、どんな方法でその命を救いたいかとか、希望があったらと思って』

「そうね」

彼の言葉に私はハッとする。

（そうだ、今は自分の気持ちを優先している場合ではない。ウォルター殿下を助ける為にここに居るのだから。余計なことを考えてはいけない）

頭を切り替えようと、少し目を瞑《つぶ》ってから開け、よし！と気合いを入れる。

『どうしたの？』

エルマーが驚いたように言葉を発したが、私は「気合いを入れたの」とだけ答え、メアリー様からお借りした手帳を取り出し、彼に向かって口を開いた。

彼の魔法のことは長いから、とりあえず重要な部分だけ掻《か》い摘《つま》んでざっくりと説明すれば、エルマーは腕組みをして答える。

『うーん。聞いている感じだと、その魔法は使った分だけ命が削られてしまう、命を消耗することで発動する魔法なんだね。そして、コントロールは不可能。他者に触れたり見たりしただけで勝手に心を読み取ってしまう。……厄介な魔法だね』

そう締めくくった彼に対し、私は頷く。

「ええ。だからこそ、その魔法を持ってしまった方は、はっきりと『持ちたくない魔法』だと言っていたわ」

『僕も何となくその気持ちは分かる気はするけど、僕の魔法はコントロールは可能だし、使いたくなければ使わなくても良い。ただその『透視魔法』っていうのは、自分の意思に関係なく勝手に発動してしまうと』

「しかも、人の感情を見抜いてしまう……。下手をしたら、自分の心身にも影響を及ぼすわ」

『っ』

エルマーはギュッと拳を握った。

「ごめんなさい、貴方にまで頼ってしまって」

『ううん、僕は頼られるのは嬉しいよ。……リゼの頼みなら、尚更。僕は魔力を使うより、情報収集の方が得意だからね。そのせいで、家の中ではあまり頼りにされていないから』

(エルマーには二人のお兄様がいる。どちらも格段に魔力が強い。エルマーは魔力が弱いわけではないけれど、そんなお兄様方に比べたらどうしても劣ってしまう。それをコンプレックスに感じているると、彼自身が昔言っていたことがあるわ)

私はエルマーの言葉に首を振って答えた。

「いいえ、そんなことはないわ。それに、誰だって得手不得手があるもの。得意なことで誰かのためになることをする貴方は、素敵だと思うわ」

『……リゼット』

ありがとう、彼は紺青の瞳を細めてそう嬉しそうに言った。

私はそんな彼に向かって微笑んでみせると、「それでね」と言葉を紡ぐ。

「その方の命を救うためなら、戦争以外だったらどんな手を使っても良い。選んでいる時間はもうないと思うから。コントロールする術があったら一番だけれど、きっとその方はそこまで望んでいない。二度と魔法を使えなくなっても良いと思っていると思う」

『要するに、「解呪」という方法でも良い、ということだね？』

その言葉に、私は「えぇ」とゆっくりと頷いた。

『分かった、探してみるよ。とりあえず僕は一度家に戻って本を調べてみる。もしかしたらラザフォード家とは違う本があるかもしれない。それに、速読は得意だしね』

「ありがとう、頼りにしているわ」

そう私が言えば、彼は嬉しそうに笑って「じゃあ」と告げ、鏡に波紋が広がる。

そして、その波紋が消えれば、鏡は私の姿を映し出した。

私はそっとその鏡に触れ、瞳を閉じる。

(そうよ。今は落ち込んだり悩んだりしている暇はない。ヴィクターの大切な人を救うためにここにいるのだから)

私は「うん」ともう一度気合いを入れ直すと、ヴィクターが待つ書庫へと足を向けた。

窓から陽の光が温かく部屋に差し込み、パラパラとページをめくる音と時を刻む時計の音だけが耳に心地よく響く。

そんな部屋の中、私はそっと真紅の瞳を本に向ける彼の姿を窺う。

（あれから彼と言葉を交わしたのは、ここに来た時、『大丈夫か』と心配してくれた彼に対して、『大丈夫』と伝えただけ……）

窓から見える青空とは打って変わり、私の心は冴《さ》えない。無心で本を調べ漁ろうと思っていたけれど、やはり彼が近くにいるとどうしても意識してしまう。

（ろくに会話も出来ないし、これでは調べるのに支障が出る一方だわ）

なんて思わず漏れ出そうになった溜息を慌てて引っ込め、次に手に取った本の表紙を見る。

すると、そこに書かれていたのは。

「これって……、ヴィクター！」

私の呼びかけに、彼はハッと顔を上げた。

そして、私に歩み寄って来た彼にその本を見せる。

「これってもしかしなくても」

「……あぁ、間違いない。この本はウォルターとレベッカ様の『透視魔法』に関する本だ」

そう言って頷いた彼に対し、私は「やったー！」と思わず嬉しさが込み上げ彼に抱きついた。彼も抱きしめ返してくれたが、次の瞬間、バッとまるで効果音でもつきそうな勢いで突き放される。

（え……）

思わぬヴィクターの行動に私は驚いて彼を見上げれば、ふいっと顔を逸らされた。

そして、「読んでみよう」と告げた彼は、その本を持って椅子に座る。

（どうして目を合わせてくれないの？）

何となく彼に避けられたような気がして。

胸の奥がチクッと、針で刺したような痛みに襲われる。

（気のせい、よね）

私はギュッと気が付かれないように拳を握り、彼から少し距離を取りつつ、隣の席に座る。そして、ポケットからメアリー様からお借りした手帳を取り出した。

「これと照らし合わせながら読んでみましょう」

そう言った私に対し、彼は頷き、手帳と本の中身を見比べながら読み進めていく。

その本に書かれている『透視魔法』の説明は、メアリー様が調べた情報と一致していた。

それに加え、本には彼等が嘗《かつ》て何処で暮らしていたかも記されていた。

簡単に説明すると、『透視魔法』は、この大陸より西方に位置する島国の人々が司る魔法だった。希少な魔法であり、その島民の数も少なかったが、『透視魔法』を司る者達によって島の安寧は保たれていた。

しかし、その秩序を乱す者達が現れる。それが大陸から来た者達だった。大陸から来た人々は、希少な魔力持ちに目を付ける。

その結果、島民と『透視魔法』を持つ者達は、彼等の武力により奴隷にされてしまい、その島にいた者達は皆離れ離れとなり、現在では何処にいるのか把握されていないということが記されていた。

「なんて酷いことを」

「大陸とは……、俺達が住む大陸のことなのだろうか」

そんな酷いことをする奴等がいるなんて。

そう言ってヴィクターは眉を顰めた。

「ということは、レベッカ様も同じ境遇だったということ？」

「……恐らく。もしかしたら、この話はもっと昔のことなのかもしれないが、どちらにせよ、イングラムに連れて来られた『透視魔法』を持つ者の子孫から生まれ、何かの理由で身寄りがない子供として孤児院に入れられたのは事実だろう」

（なんてことを）

もしかしたら、大陸の国々には都合が悪かったから、彼等の魔法に関する文献が少ないのかもしれない。それはまるで、存在そのものを否定しているかのようだ。

そんなことを考える私に対し、ヴィクターは「そうだな」と言葉を紡ぐ。

「ここにある本は持ち出し禁止だと辺境伯は言っていたが、多分この量だと必要な情報を書き写しきれないと思う。持ち出せないか駄目元で聞いてみるか」

そんなヴィクターの提案に対し賛成すると、ここで待つよう私に言ってから、彼はその本の書名を改めて見て部屋を後にした。

その後ろ姿を見て私は息を吐く。

(彼はやはり私を避けている気がする)

そんなことを考えた私だったが、慌てて首を横に振った。

(いいえ、今はそんなことを気にしている場合ではないわ。こうして『透視魔法』に関する本が見つかったんだもの、何としてでもウォルター殿下を助ける方法を見つけ出さないと)

私は両頬をパチンと叩くと、もう一度、今度は注意深く手帳の方を読み進める。

その手帳によると、『透視魔法』は、術者の体力によって魔力量が異なることが書かれていた。

その証拠に、生まれつき体の弱かったレベッカ様は、勝手に魔法が発動されてしまうことにより、人前に出ると倒れてしまうことがあった。そのため、表舞台にはあまり姿を現さないという方法を取るしかなかったという。

一方、ウォルター殿下は健康体であり、レベッカ様より格段に魔力が強かった。一気に魔力を使うことがない限り倒れたりはしない。ただ、体に影響が出ない分、どれだけ魔力を消耗し、寿命を削っているかは分からないのだと。

（そんなことがあるだなんて）

私は思わず自分の手を見た。

私達ラザフォード家の火の魔力は、限度を超えて大量に使用しない限り寿命を削られたりはしないと、そう伝えられている。

又、『透視魔法』を司る術者と同様、一人当たりの魔力量は決まっているため、一気に放出出来る量には制限や個人差がある。

だから、魔力によって命を削られることは、コントロールすることで防げる。

（だけど、彼等はそのコントロールが出来ない）

他者を見ただけでその人の心の中が勝手に読めてしまう。それだけではなく、触れただけでその人の夢を見ることや、考えを共有してしまうこともある。それから、他者の夢の中に入り、語りかけることも。

（その魔力を使ってウォルター殿下は、お父様である陛下が始めた戦争に加担していた）

ウォルター殿下は、どれだけ多くの人の心を読んだのだろうか。

悪事を企てる者達の心や汚れた心を、どれだけあの澄んだ瞳で見てきたことだろう。

だからウォルター殿下は、レベッカ様が亡くなった年よりずっとお若いのに、その命はもう……。

「……ト、リゼット」

そう名を呼ばれ、ハッと顔を上げた。

そこには、心配そうに私を見つめる真紅の瞳が間近にあって。

「あ……」

私は言葉を紡ごうとしたが、いつの間に泣いてしまっていたのだろうか、とめどなく涙が溢れて止まらない。

ヴィクターが手を伸ばしてきたと思った瞬間、私はその腕の中にいた。

「ぇ」

小さく発した声に、ヴィクターはその腕に力を込めると、私の髪をそっと撫でてくれながら囁《ささや》くように言った。

「大丈夫、大丈夫だから。ウォルターは必ず助ける。……今はきっと疲れているだろうから、ゆっくり休め」

「っ」

休んでいる暇はない。

そう言おうとしたが、ヴィクターの温もりに包まれたことで安心したのか、今までにない眠気が私を襲う。

(温かい……)

そんな心地の好い眠気に抗えず、重い瞼を閉じた私は簡単に意識を手放したのだった。

その頃、丁度城の庭では、リランが木の下で本を読んでいた。

「何を読んでいるの？」

「エルマーお兄様！」

無邪気な笑みを浮かべる彼女を見てエルマーは破顔する。

彼女はそんなエルマーに、「この本だよ！」と茶色い表紙の古めかしい本を差し出した。

「あぁ、これ！　懐かしいなぁ。お兄ちゃんも君のお姉ちゃんも良く読んでいた本だ」

「そうなの⁉　お姉様、私にも小さい頃からこの御本を読み聞かせてくれたんだぁ」

そう嬉しそうに言うリランに、エルマーは「そっか」とその小さな頭を撫で、パラパラと本を捲《めく》る。

そしてふと破れたページを見て目を丸くした。

「このページはどうしたの？」

エルマーが不思議に思ってリランにそう尋ねれば、リランは首を傾げて「分からないの」と口にした。

「その本を貰《もら》った時には、そのページはなかったんだって。お姉様が以前そう言ってた」

「そっか」

エルマーには、何か引っかかるものがあった。

この本と、それからその破られたページに。

「お兄様？」

エルマーが急に黙ったことを不思議に思ったのか、リランが首を傾げる。

それに対しエルマーは、「あー」と口を開いた。

「ごめんね、少し考え事をしていただけだから気にしないで。今日はもう帰るね。またね、リラン」

「うん、またね。お兄様」

エルマーはリランに本を返し、彼女に向かって手を振ってからアーノルド家へと向かったのだった。

彼の脳裏に浮かぶ予感が当たっていることを祈りながら。

そんな彼の背中を、幼いリランは目で追っていた。

両手に、『魔女と深淵《しんえん》の森』という名の本を抱えながら。

第三章

小鳥のさえずりが遠くで聞こえる。
温かな微睡《まどろ》みの中、私は目を覚ました。
(ここは……、私の部屋?)
隣には、すやすやと眠るリランの姿もあって。
何故ここに居るんだっけ、そう思った直後、ハッとする。
(そうだわ、私あのまま寝てしまって……!)
時計を見れば、短い針は五を指していて。それを見た瞬間、私は凍りついた。
(っ、まさかこんな時間まで寝てしまったなんて)
手掛かりが何とか見つかりそうな所まで来ているのに寝ている場合ではない。
そう思って慌てて起きようとすれば、パサッと何かが床に落ちる。
拾い上げればそれは、漆黒のマントだった。
(これはもしかしなくても、ヴィクターの)
貸してくれたのだろうか。
それに、寝落ちしてしまった私を彼がここまで運んでくれたのだろうか。

そう考え、思わずギュッとそのマントを抱き締める。

刹那、ふわっとヴィクターの香りが私の鼻を擽《くすぐ》った。

(って、私は変態なの⁉)

と自分で突っ込みを入れたその時、「お姉様?」と横から声を掛けられる。

「リ、リラン。起こしてしまったかしら?」

ごめんね、とリランに謝れば彼女は首を振り、代わりに「今、何時?」と眠そうに目をこすりながらそう聞いて来た。

「明け方の五時過ぎみたい。起こしてごめんね」

私が再度謝れば、「お姉様は悪くないよ」とリランが言った。

「ヴィクター殿下がね、ここまでお姉様を連れて来てくれたの。ずっとお側に居てくれたんだよ」

「そう、だったの」

(ずっと……)

思わず嬉《うれ》しくなって頬が緩む。

それを見ていたリランが何かを呟《つぶや》き、そして私を見た。

「ねえねえ、お姉様。本当は内緒だって殿下に言われてたんだけど……、誰にも言わないって約束出来る?」

「内緒?」

（リランに口止めしてることってなんだろう）

「それは、私が聞いても良いことなのかな？」

尋ねた私に対し、リランは少し考えた後「うん」と頷《うなず》いた。

「お姉様は知っておいた方が良いと思うの」

（彼が私には話さないことなんて、もし知っているなんてバレたら怒られてしまいそうだけど）

それでも、と思いリランの言葉に頷いた。

「うん、私に教えて欲しい」

「ふふっ、そう言うと思った」

リランは人差し指を口に当て、「今からしーっだよ」と言うものだから、私も同じ仕草をしてみせながら、リランに「分かったわ」と返した。

それを見たリランは「ついてきて」と言うと、部屋を出て行こうとする。

「え、この時間に部屋を出るの？」

そう聞くと、リランは「うん、ついてくれば分かるよ」と微笑んだから、少し疑問に思いながら慌てて洗顔だけ行ってからリランの後を追う。

そうしてリランに連れて来られた場所は、家の裏庭だった。

裏庭には、バラ園などの花園がいくつかある。その花々のどれもがまるで競い合うかのように咲き誇っていた。そんな敷地が広大なこの屋敷は、建物より庭の方が広い。

そしてその一角に、お父様や私、リランが使用している馬術や剣術の鍛錬をするための区画もある。

「ここにヴィクターが居るの？」

そう尋ねれば、リランは「しーっ」と人差し指を口に当て、そっと私達が良く鍛錬をしていた場所の方を指差した。

首を傾げながらもそっと花壇に身を隠しながら覗《のぞ》いてみれば、そこに居たのは。

（お父様と、ヴィクター？）

対峙《たいじ》する二人の手には剣が握られていて。

驚く私に対し、リランは小さく口を開いた。

「殿下がね、お父様に頼んだんだって。『鍛えて欲しい』って」

「ヴィクターがそんなことを？」

（だってヴィクターは、今でも十分強いはずなのに）

リランは私を見ると、小さく笑って言った。

「私ね、殿下はもっと怖い人なんだと思ってた」

「そんなこと」

「うん。だから、お姉様がここに居る間にね、殿下のことを観察してたの」

そうしたらね、とリランは嬉しそうに笑った。

「お姉様も殿下も、いつも同じ表情をするの」

「同じ表情？　私とヴィクターが？」

「うん」

リランはキラキラと目を輝かせて言った。

「あのね、殿下もお姉様も、心から幸せそうな顔をするの。お互い気付いてないみたいだけど……、お姉様が寝てしまった時もね、殿下、凄く心配そうにしながらも、お姉様が殿下の名前を寝言で呼んだ時、とっても嬉しそうな顔をしてた」

「〜〜〜」

嬉しいと思う反面、そんな光景をリランに見られていたことが恥ずかしくなって、思わず頬を押さえる。リランはそっと笑うと、「気が付かれないうちに行こう？」と私に手を差し出した。

私は、お父様の容赦ない剣戟《けんげき》を受けながらも、懸命に剣を振るう彼の姿を見て、思わず涙が溢《こぼ》れ落ちそうになるのを堪え、「うん」とリランのその手を取って歩き出す。

「リラン」

少しして、私がリランの名を呼ぶと、幼い彼女は顔を上げた。

「ありがとう」

そう噛《か》みしめるように言うと、リランは嬉しそうに、そして私の両手を握って言った。

「殿下と幸せになってね、お姉様」

初めてだった。

ヴィクターのことを家族が認めてくれたのは。

前世では、大人になったリランはずっと反対していた。ヴィクターのことを恨み続けた彼女は、それでも政略結婚をした私が可哀想だと、結果的に私のためにあの悪夢のような事件を起こしてしまったのだから。

「……っ」

前世からの想いが、涙になって頬を伝う。

それを見たリランはただ何も言わず、困ったように笑ってハンカチを差し出してくれた。

私が耐えきれず嗚咽《おえつ》を漏らし、涙を流している間、彼女は私の背中をさすりながら口にした。

「あのね、お姉様も殿下も不器用だから、きっとお話がきちんと出来ていないだけなんだと思う。お姉様は、何でも我慢しちゃう人だけど……、もっと、我儘《わがまま》になって良いんだよ」

「リラン」

「それにね、今日見たことだって、直接殿下に聞いても良いと思うの。殿下は……、お姉様のために、訓練しているんだから」

「私のため？」

私の呟きに対し、リランは「これ以上は教えてあげられない」と笑って言った。

「直接殿下とお話して聞いてみて。今ここで考えるより、殿下に本当のことを言った方がきっと、

かべてくれたのだった。


「ふふっ、そうね。リランの言う通り、彼ときちんと話し合ってみるわ」

私がそう言ったのに対し、彼女は「うん！」と大きく頷いて、まるで陽だまりのような笑みを浮かべてくれたのだった。


自室に一旦戻り、リランからヴィクターの鍛錬が終わる時間帯を聞いた私は、その頃を見計らって彼の部屋を訪れた。

二階の彼の部屋の扉の前に立つと、私はすうっと深呼吸をした。

（大丈夫、リランも応援してくれているんだもの。怖がっていないで、彼に今の気持ちをきちんと伝えるの）

本当の胸の内は不安でいっぱいだ。

彼は話を聞いてくれるだろうか。

私の気持ちを知って、離れていってしまわないだろうか。

（あぁ、もう！　駄目よ、こんなネガティブになっては！）

私は軽く頬を叩《たた》くと、意を決してコンコンと扉をノックした。

数秒して、ガチャッと扉が開く。

「リゼット」

驚いたような顔をしたものの、彼は私が手にしていた彼のマントを見て、「あぁ」と納得したように言った。

「昨晩はよく眠れたか?」

そう聞かれ、私は笑みを返す。

「お陰様で。ヴィクターが甘やかしてくれるものだから朝までぐっすりよ」

「はは、それは良かった」

彼は真紅の目を細めて笑う。

私はその表情に胸が締め付けられるような感覚を覚えながらも、とりあえず彼にマントを手渡す。

「貸してくれて有難う」

「どういたしまして」

彼は微笑みを浮かべ、そのマントを手に取った。

手から無くなったマントの代わりに私は、思わず彼が着ているシャツの裾をギュッと握った。

「リゼット?」

私の行動に対し、彼は何かあったのだろうかと心配そうに私の名を呼ぶ。

少しシャツの裾を持つ手に力を込めて、彼の瞳を真っ直ぐに見つめて言った。

「あの……、話したいことがあるの」

「何だ？」

私の言葉に、彼は首を傾げる。

その先の言葉を紡ごうとしたが言葉にならなかった。いや、出来なかった。

（何から話せば良い？）

上手く自分の気持ちを表現出来る言葉が見つからなくて。

そんな自分が、もどかしくて。

（リランが応援してくれたのに……っ）

思わず泣き出しそうになる私に気が付いた彼は、少し戸惑ったようだったけど、私の頭を優しく撫《な》で、「とりあえず、部屋に入るか」と背中をそっと押して彼の部屋に招き入れてくれた。

私を長椅子に座らせ、彼は向かいではなくその隣に座ってくれる。

そして、なかなか言葉を発しない私に対し、口を開いた。

「リゼット、大丈夫だ」

私の頬にそっと手を添えた彼は微笑みながら言った。

「君の話なら何でも聞くし、いくらでも待つから。だから、君が思っていることを聞かせてほしい」

「ヴィクター」

思わず彼の名を呼ぶ声が掠《かす》れる。

それは、私の想いが溢《あふ》れた証拠だった。

そして私はたった一言……、今の自分の気持ちを、的確に表せる言葉を呟いた。

「……寂しい」

「え？」

ヴィクターが、私の発した一言によって大きく目を見開く。

私はその言葉を紡いだ瞬間、今度こそ一気に目頭が熱くなり、涙となって込み上げる。溢れ出た涙も感情も止《とど》まることを知らなくて。

「私、ヴィクターの側に居るのに、貴方が今、何を考えているのか、何を抱えているのか……っ、分からなくて、不安になるの」

分かってる。こんなのはただの私の我儘だ。

ただ彼が時折見せる暗い表情が気になって、それが何なのかを知りたいと思ってしまう。彼がお父様やエルマーと何を話しているかでさえ、知りたくてたまらないと思ってしまう。

「私、貴方がお父様やエルマーと話しているだけで、嫉妬してしまう、みたいで」

「嫉妬？」

戸惑ったような、彼の表情に私は慌てて言った。

「お、驚くわよね、普通！　人には触れられたくない事情だってあるのに……、首を突っ込んではいけないことは分かっているのに、ヴィクターのことなら何でも知りたいと思ってしまう。って、重すぎるわよね私。何を言っているんだろう」

あはは、と自嘲する私に対し、彼は不意に手を伸ばす。

次の瞬間、彼の手が後頭部に回り、グッと力強いその腕に捕らわれる。

そして、いつもより長く深く、荒々しいくらいに唇が重なった。

驚く私に対し、彼はパッと私を離し……、「すまない」と言って乱暴に自身の前髪をかきあげた。

「……君がそんなことを言うものだから、歯止めが利かなくなりそうだ」

「は、歯止め⁉」

思わぬヴィクターの言葉に、私はようやく状況を飲み込んでカァッと顔が赤くなる。

彼も耳まで赤くしながら、俯《うつむ》きがちに言った。

「最近、いや、君に出会ってから俺は変なんだ。君が側に居てくれれば良いと思っていたのが、君と時間を共にする内にどんどん我儘になっていく。……君に触れていたいと、そう思ってしまう」

「え、え？」

彼の言葉を理解するのに、今度こそ頭が追いつかなかった。

彼はそんな私に対しふっと笑い、私の髪を一房手に取って言った。

「正直、重いのは俺の方だと思う。君が父上のことで隠し事をしていた時、牢屋《ろうや》に入れたことがあっただろう？　あれは、君が何処かに行ってしまうのではないかと怖くなったからなんだ」

「え……」

初めて聞く彼の言葉に、今度は私が驚いてしまう。

彼は私の反応を見て自嘲気味に笑った。

「母さんとは違うと分かっているのに。それでも心の中で、人は……特に女性は、裏切るものだと思っていた。だから君のことも信じきれていなかった。君は真っ直ぐに、俺のことを見つめていてくれていたというのに。だからあの日も、唯一城内で内鍵の無い部屋で、俺達が幼い頃に悪さをした時に入れられていた、牢屋とは少し違う部屋に、君を閉じ込めるような真似をしたんだ」

知らなかった。

牢屋だと思っていたその部屋に、前世と合わせて二回も入れられたことに、まさか、そんな意味があっただなんて。

(彼は私を、メアリー様と重ねていたんだわ)

彼の前から突如居なくなってしまった、お母様であるメアリー様と私を。

そして、手放したくないと思うほど、彼の中で私が大切な存在になっていることを。

「ほら、俺の方が重いだろう?」

なんて苦笑する彼に対し、私は首を横に振る。

「いいえ、嬉しいわ」

「え?」

ヴィクターは私の言葉に驚く。

そんなヴィクターの手をギュッと両手で握って言った。

「私は正直、この気持ちを貴方に話すことで嫌われてしまうのではないかと思ってた。だから、言えなくて。……それに、貴方自身も私を避けているみたい、だったから」

「それは違う！」

ヴィクターは私の言葉をすぐに否定した。

今度は私が驚いたのに対し、彼は少し慌てたようにふいっと顔を背け、再び耳まで赤くさせながら言った。

「避けていたのは、君が側にいればいるほど、さっきも言ったように……、歯止めが利かなくなりそうで怖かったから」

思わぬ言葉の連続に、私までつられて赤くなるのが分かり、彼の顔を見て惚《ほう》けてしまう。それを見た彼は、「だからそんな顔をするな」と怒ったように言い、私を見ないようにしているのか、目元を押さえて言葉を続けた。

「ここは城ではないし、いや、城でだってそうだが……、まだ婚約者であって十五の君に下手に触れたりなんて出来ないだろう？　君の父上も居ることだし、尚更」

「ふふ」

私が思わず笑い出したのを見て、彼は怒ったように目元を押さえていた手を離す。

その隙に彼に近寄っていた私は、耳に顔を寄せて言った。

「それだけ私のことを思ってくれているということね。嬉しい」

そう囁《ささや》くように言い、そっとその耳に口付けを落とせば。

「な⁉」

余程驚いたのだろうか、珍しく言葉を失った彼に対し、私は再度笑って「いつもの仕返しよ」と言ってみせた。

（いつもヴィクターがすることだもの）

たまには私からというのも良いわよね？

その意味を込めて悪戯っぽく笑ってみせた私に対し、彼は少し沈黙していたかと思うと、不意に私の腰に彼の手が回り、ぐいっと引き寄せられる。

そんなヴィクターの行動に対し、また私が驚き固まる番で。

そして、まるで真似をするかのように私の耳に口付けを落とすと、私にはない色香を纏《まと》わせながら言葉を紡いだ。

「……結婚したら、歯止めなんて利かせないから」

覚悟しておけ、そう言って妖艶に微笑む彼に対し、私は言葉にならない悲鳴をあげる。

そして、それを見た彼が満足気に笑い、そっとその手が私の顎に触れたその時。

……ポチャン。

と、私の耳に水の跳ねる音が届く。

「あ……」

その音を聞き、私はヴィクターに「ちょっと待って」と言い、慌ててポケットに入れていた鏡を取り出し、鏡面に触れる。

ヴィクターは「エルマーからか？」と尋ね、一緒に鏡を覗き込んだその時、水の波紋と共にエルマーが顔を出した。

『あ、ごめん。お邪魔しちゃった？』

その言葉に思わずヴィクターを見れば、彼と視線がぶつかり、慌てて目を逸らす。それを見たエルマーは、『図星か』と苦笑いを浮かべて呟いた。

「……妬けるな」

「え？」

その言葉がよく聞き取れなくて思わず聞き返せば、エルマーは『何でもない』と笑った。

『それよりね、ビッグニュースなんだよ！　もしかしたら、君達のその大切な人とやらが救えるかもしれない！』

「それは本当か⁉」

私より先に、ヴィクターが言葉を発する。

エルマーは『うん』と頷き、手に持っていた本を私達に見せてきた。

「あれ、それって」

『そう、この本はよく、この国の子供達が幼い頃に読んでいた本だ』

「この国と言ったか？　俺の国では、確かに見たことがないが」

ヴィクターはその本の表紙に金色の文字で書かれている『魔女と深淵《しんえん》の森』というタイトルを口に出して首を傾げた。

「え、この本は有名だと思っていたけど、イングラムでは知られていないということ？」

『ううん、というよりは、「この国でしか手に入れられなかったもの」と言った方が良いかもしれない』

私はその言葉に首を傾げる。

「でも、どうして貴方はその本に着目したの？　それはただの童話で」

『リランが持っていた君の本。あの中の一ページが破られていることを君は知っているだろう？』

「え、ええ、もちろん」

私が頷けば、エルマーは『リランが持っていたから妙に引っかかって』と口を開いた。

『この本は昔からあまり良い噂《うわさ》を聞かないんだ。そのせいなのか、「曰《いわ》く付き」とレッテルを張られ、今では図書館にさえもこの本は置かれていないらしい』

「えっ」

私が驚けば、エルマーは『この本はね』とページをめくりながら言う。

『噂によると「魔女が自ら書いた本」と言われているんだ』

「魔女が、自ら書いた？」

『うん。著者が大の子供好きだったらしくてね。一説には困っている子供達の願いを叶《かな》えてあげようと思った心優しい魔女が童話を書いたとも言われている。その物語を読むことで何でも叶えてくれる「魔女」が、本当に存在することを信じられる者……、つまり、純真無垢《むく》な子供達を対象読者にしてね』

「この物語の中にいる魔女は、実在するということ⁉」

私がそう言えば、彼はあるページを指差す。

それは、私の記憶にはないページ……、うちにある本では破られていた箇所のようだった。

そこには、魔女の居場所を示す地図が載っていて。

『この地図をよく見て』

そうエルマーに言われ、私はじっとその地図を見つめ、やがて声を上げた。

「これって、もしかして」

『そう。酷似しているんだ、この国の形と。そうなると、魔女の居場所を示しているこの印は……』

「『迷いの森』」

私とエルマーの声が重なる。

それに対してヴィクターは、首を傾げた。

「すまない、その『迷いの森』とは何なんだ?」

この国をよく知らないヴィクターは、『迷いの森』の存在を知らないのだろう。

私は彼に向かって口を開いた。

「この森はね、この国の民は誰もが恐れる場所なの。とても広大な森で、四六時中深い霧に包まれていることもあって、『一度入ったら二度と出てはこられない』。そう言い伝えられているわ。あまりにもそういった噂が絶えないものだから、誰も立ち入ろうとしない程なの」

「そんな場所に魔女がいると言うのか?」

ヴィクターの問いに対し、エルマーは『だからだよ』と口を開いた。

『魔女はただ、子供の願いを叶えてあげたくて、わざわざ自分の居場所を「童話」という形で暗示した。だけど、それに目をつけたのは子供だけではなかった』

「まさか、大人達までということ?」

『あくまで推測だけど、僕はそう考えた。だから、魔女自身がその本を出回らなくした可能性もある。実際に、この国の古い文献で調べたら、「迷いの森」はかつては霧など存在しない、普通の森だったらしい』

「そうだったの」

私はエルマーの考えが正しいと思い、思わず俯いてしまう。

(本当に著者が実在する魔女だったとしたら……、大いにあり得る話だわ)

『森の話はあくまで噂だし、本当に魔女がいるかどうかも、仮にいたとして今も生きているかどうかも分からない。それに、森に入らなければその魔女には会えない……、要するに捜すのには危険を伴うということになる』

エルマーの言葉に私とヴィクターは顔を見合わせる。

『君達に残された時間は僅か。それを考えると、これが最後の分かれ道になる。別の方法を探すか、あるいは、リスクを冒してでもこの森へ立ち入り、魔女を見つけ出すか。君達はどちらを選ぶ？』

「そんなの、決まっているわ」

エルマーの言葉に、私はそう言ってヴィクターを見上げる。

彼が迷いなく頷いたのを見て私も頷き返し微笑むと、エルマーの紺青の瞳を真っ直ぐに見つめて言った。

「その魔女を捜しに行く」

『……だと思った』

それが君だもんね、そう言って苦笑いを浮かべたエルマーは、ふーっと長く息を吐いた。

『本音を言えば、僕はこの話を君達にするか迷っていた』

「それは、どうして」

『君に、危ない目に遭って欲しくないから』

「え……」

私が驚いたのと同時に、ヴィクターが息を呑《の》んだのが分かる。

エルマーの言葉に固まって動けない私に対し、彼はふいっと視線を逸らして言った。

『君は、僕の大切な人だ。「迷いの森」で何が起きるか分からないし、そもそも定かでない情報を頼りにあの場所へ行くのは危険すぎる。それに、ヴィクター。はっきり言うけど、あんな場所へ行ったとして、今の君が、リゼを守れるとは思えない』

その言葉に、再度ヴィクターが息を呑んだ。

私は思わず彼を見上げ、「ヴィクター」と名を呼び手を握ると、その手は微かに震えていて。

(何故、何も言い返さないの)

ヴィクターは、私とは視線を合わせることなく俯く。それは、最近よく目にする思い詰めたような、辛そうな表情で。

それを見たエルマーは溜息《ためいき》を吐いて言った。

『君がそういう顔をするから尚更、リゼを任せることなんて出来ないんだ。……だから、取引をしよう』

「取引?」

私が聞き返せば、エルマーは自身の腰に下げていた、アーノルド家の紋章が刻まれた剣の柄を見せながら言葉を紡いだ。

『もし、ヴィクター殿下が僕と剣を交えて勝てば、この本を貴方に託そう。……ただし、負けた場合は』

そう言葉を切って、エルマーは挑むような眼差しで口を開いた。

『貴方には自身の国へ帰ってもらう。そして僕とリゼの二人、魔法使い同士で「迷いの森」へ向かう』

「っ！」

「そんな！」

私が口を開いたのを見て、エルマーは『だって』と続ける。

『現実的に考えて、魔法を使えないヴィクター殿下は確実に、魔法を使えるリゼの「お荷物」だ。……それに、そんな顔じゃあ、とてもじゃないけどリゼを守れるとは思えない。それは貴方自身が一番分かっていることでしょう？　ヴィクター殿下』

ヴィクターの手に、より一層力がこもる。

ギリッと歯軋《はぎし》りする彼を見て、私はかける言葉が見つからなかった。又、そんな自分に密かに苛立つ自分がいて。

エルマーは『どうするの？』と剣を下ろしながら尋ねる。

ヴィクターは逸らしていた視線を、ゆっくりとエルマーに向けて口を開いた。

「受けて立つ」

『取引成立、だね』

エルマーはそう言って、まるで挑発するように宣言した。

『実行は明朝、リゼの家の庭で。……まあ、そんな顔で僕に勝てるのか疑問だけど。精々頑張って』

「エルマー！」

私は言いたい放題のエルマーに耐え切れなくなり、思わず彼の名を叫ぶ。

そんな彼の姿が消える寸前、一瞬ふっと寂しそうに微笑み、「大丈夫」と言ったのは……、私の気のせいだったのだろうか。

そうして消えた彼の姿の代わりに鏡が映し出したのは、戸惑う私と拳を握り締め俯いているヴィクターの姿だった。

＊

「……月が綺麗《きれい》」

そう夜空を見上げ呟いてみたが、心は冴《さ》えないままで。

その原因は勿論《もちろん》、昼のエルマーと私達の会話である。

『今の君が、リゼを守れるとは思えない』

ヴィクターに向かってはっきりとそう告げたエルマーと、それに対して何も言い返さず、ただ悔しそうに唇を噛み締め俯いていたヴィクター。

その後だって、黙っているヴィクターにエルマーは言いたい放題言っていたけど……、ヴィクターが返答したのは唯一、エルマーとの取引という名の勝負に応じた時だけ。

(魔法が使えなくても、ヴィクターは十分強いのに)

魔法が全てではない。

確かに、魔法は便利だとは思うけれど……、魔法だけでは結果的に何も守れなかったことを、私は前世で嫌と言うほど痛感した。

(エルマーの言うことも一理あるのかもしれない。彼だって心配して言ってくれているのは分かっている。けれど、私は)

無意識のうちに、ギュッと婚約指輪が嵌《は》められている右手を握る。

「って、あれ」

少し散歩をしようと思って敷地内を歩いていたら、無意識に庭に来てしまっていたらしい。

肌寒い夜風に晒《さら》され、そろそろ帰ろうと来た道を戻ろうとしたその時、ビュンッ、ビュンッと剣を振る音が聞こえる。

「……ヴィクター?」

雲間から覗く月明かりがその姿を映し出す。

月の光が彼の漆黒の髪に降り注ぎ、その真紅の瞳を幻想的に映し出す。

一瞬、あまりの美しさに息をするのを忘れて見入ってしまったが、ふと我に返る。

(ってあの人、明日エルマーと手合わせするのよね⁉　こんなに遅い時間まで剣を振っているなんて……、もう止めないと！)

そう思って彼を止めに行こうとした私の腕は不意に誰かに摑《つか》まれる。

驚き振り返れば、私と同じ橙色《だいだいいろ》で私を見下ろす二つの瞳があった。

「お、お父様⁉　どうしてここに」

「しーっ。ここでは冷えるから、取り敢えず場所を移そう。彼の邪魔をしてはいけないからね」

「こ、このままヴィクターを放っておいて良いの？」

元来た道を歩き出すお父様を慌てて追いかけながら、小声でそう尋ねれば、お父様は「だって、リゼなら気持ちが分かるだろう？」と言って言葉を続けた。

「リゼだって、気持ちを落ち着かせるためだとか言って、何かある度にいつもあそこで素振りをしていたじゃないか。あの人だって同じ気持ちなのではないか」

「それは」

分からなくもないけど……。

こちらには気が付かず、一心不乱に素振りをしている彼を振り返り見る私に、お父様は笑って言った。

「リゼは彼のことが、本当に大切なんだね」

「……うん」

私がお父様の言葉にそう素直に頷けば、お父様は優しい眼差しで、「そうか」と寂しそうに呟いた。

「昔はよく、『お父様とリランが一番』と言っていたリゼが、今ではこんなに大きくなって他に大切な人が出来るなんて。未だに信じられないね」

「い、今でもお父様とリランも一番だわ！」

「はは、そうか。私も同じ気持ちだ」

そう言って橙色の瞳を細めて優しく笑うお父様に、私も微笑みを返す。

そして、邸へ戻り応接室の長椅子に並んで座ると、お父様は話を切り出した。

「エルマーから聞いたよ。明日の手合わせ次第で、リゼがエルマーかヴィクター殿下のどちらかと『迷いの森』へ魔女を捜しに行くんだって？」

「お父様は、反対？」

私の問いに、お父様は「そうだね」と少し考えてから言葉を紡いだ。

「正直言えば、誰にも行って欲しくはない。……ただ、私が止めたところでリゼが言うことを聞くとは思えないからね」

リゼが頑固なところは母親譲りだから、そう言ってお父様は苦笑いした。

「お母様も頑固だったの？」

私がそう尋ねれば、「リゼ以上にね」とお父様は肩を竦《すく》めた。

そして少し息を吐くと、「実は」と口を開いた。

「とうの昔のことで忘れていたんだが……、私が幼い頃にあの本を読んだ時には、既にページが破られていたんだ」

「そうだったの？」

お父様は「あぁ」と頷き、懐かしそうに目を細めた。

「それが気になって、亡くなった父上……、リゼの祖父に聞いたら、そのページを破ったのは自分だと言ったんだ」

「お祖父様《じいさま》が？」

「あぁ。実はそのページには地図が描かれていたんだと。その地図があまりにもこの国に似ているから、好奇心から冒険をしようと、その地図を持って魔女の家の位置を示す『迷いの森』へ向かったそうだ」

「お、お祖父様が『迷いの森』へ⁉」

私は驚いてしまう。

あのページが破られていたのは、昔お祖父様が『迷いの森』を訪れたからだったなんて。

「そ、それで、どうなったの？」

私が気になってそう尋ねれば、お父様は「それが」と顔を曇らせて言った。

「父上は間違いなく、『迷いの森』へ入ったそうなんだが……、その時の記憶はないと言っていた」

「え……」

「ただ唯一覚えていたのは、女性の声で『貴方が本当に必要とした時にもう一度、ここへいらっしゃい』と。そう言われたことらしい」

(お祖父様は無事に『迷いの森』から外へ出られたけれど、魔女は自らの意志でお祖父様には会わなかったということ?)

『貴方が本当に必要とした時』

(その話がもし本当で、魔女は実在しているとしたら、きっと魔女はその人が心から願っていることしか叶えないようにしているんだわ)

私が考え込んだのを見てお父様はその先の言葉を続けた。

「もしかしたら……、リゼ達のその強い気持ちがあれば、今度こそ魔女に会えるかもしれないと私は思ったんだ。……助けたいんだろう? その『透視魔法』を持つ人のことを」

「もちろん」

(だって彼は、ヴィクターの大切なお兄様だもの)

私がギュッと拳を握ったのを見てお父様は笑った。

「その気持ちがあればきっと、『迷いの森』へ行っても大丈夫だと思う。……何があっても『自分を見失わない』こと。良いね？」

「はい」

私はお父様の言葉にしっかりと頷けば、お父様はポンポンと私の頭を優しく叩いて笑みを溢したのだった。

＊

そして、夜が明けた鍛錬するための庭。

私の目に映る、エルマーとヴィクター。

対峙した二人の手には、訓練用の剣が握られている。

「勝負だ、ヴィクター殿下」

そう言って剣を構えるエルマーに対し、ヴィクターは何も言わずに同じく剣を構えた。

エルマーは両手で剣を持ち、ヴィクターにその刃を向ける。

対するヴィクターは右手で剣を持ち、刃を斜め上に向けた。

（ヴィクター）

私は祈るような気持ちで真紅の瞳を見つめる。

「始めっ！」

今日の審判を務めることになったお父様の合図により、二人は同時に地を蹴った。

エルマーはどちらかというと、魔法や武器を使う戦いを避けていた。それは、元々彼自身が剣を抜くことを嫌っていたからである。多分それは、彼の性格上の問題でもある。体を動かすより、本を読むことが好き。そのため知識が豊富なエルマーは、敵の情報収集をしたり、作戦会議にはいつも参加したりと裏方に回っていた。

だからといって剣術が苦手というわけではない。彼は頭脳戦タイプで、剣のコントロールはピカイチである。動作に無駄がない。

それに対してヴィクターは、体格に優れ、体力も人並み外れているという印象だった。一つ一つの太刀筋が重く、剣を振り下ろす度に此方《こちら》にまで風を切る音が聞こえてくる。

私は前世でも彼が本気で剣を振るっている所を間近で見たことがなかったから、目の当たりにした今、彼の戦いぶりに度肝を抜かれている、というのが一番適切な表現だ。余裕さえも感じさせるような、息一つ乱れない攻撃。エルマーはそれに一歩及ばず、防戦一方といった印象で。

（凄い）

女の私には取れない戦法を二人は軽々とやってみせる。その試合は、彼等がどれだけ強いかを証明していた。

（並の努力ではこんなことは出来ない）

体重を剣に乗せ、ヴィクターがエルマーの剣を薙《な》ぎ払《はら》おうとするのを、エルマーは歯を食い縛り

受け止め、横に受け流す。そんな攻防戦が長く繰り広げられていた。

二人の戦いを固唾を呑んで見守っていたが、次第に息の上がってきたエルマーの必死な表情が、遠い前世の記憶と重なる――――


「正気なのか、リゼット！」

当時私と同じ二十三歳だったエルマーは、強い力で私の両肩を摑んだ。

私は肩に置かれた彼の手をそっと下ろし、「ええ」と紺青の瞳を真っ直ぐに見つめて言った。

「これは私が決めたこと。……この戦争を終わらせるには、私がイングラム国へ行くしかないの」

蠟燭《ろうそく》を一つ立てただけの狭い部屋の暗がりの中。

私とエルマー、それから王・サイラスの三人が集まり、騎士団の団長であるお父様が亡くなり、大きな戦力を失ったこの国の未来についての重要な話し合いが行われていた。

そこで私は、八年前のあの日に断りを入れた縁談、自身がイングラムに嫁ぐ形で人質になるという苦渋の決断をする。

「っ、そんなの、納得出来るわけがないだろう！　リゼの父親が、それを知ったらどれだけ悲しむかっ！」

「分かってる！　……そんなこと、言われなくても分かっているわよ」

私の言葉に、エルマーもサイラスも黙ってしまう。

私は諭すように、二人を交互に見て言った。

「お父様が亡くなった今、これ以上争うのは危険すぎる。魔力での武力行使は、私達が最も望まないことでしょう？　これ以上の犠牲を出さないためには、私がイングラム国に嫁ぐのが一番」

「っ、それではリゼが幸せにはなれない！」

震える声でそう言ったエルマーの言葉が胸に突き刺さる。

それでも、私は。

（意志を、決意を曲げることは出来ない）

「私一人が我慢して多くの民の命が救われるのだとしたら、私は迷わずイングラム国へ行くわ。それに、イングラム国側も、私の他にもこの国に魔法を司る者達がまだ居るのを知っているのだから、私に酷い扱いはしないはずよ。……ね？　私は大丈夫だから。そんな顔をしないで」

二人の顔が、苦痛に歪《ゆが》む。

（私は幸せ者ね）

戦火の中でも身を案じてくれる人達がいて。

お父様が亡くなっても、一人ではなかった。

それがどれだけ救われたか。

「私の代わりに、リランを宜しくね」

私はそう言うと、二人に背を向け足早に去ろうとする。

しかし、その手を強い力で摑まれた。

驚いて振り返れば、今までに見たことがない、暗く憎しみを宿した、限りなく黒に近い青の瞳が私の目を見つめて言った。

「君を、あんな奴の手に渡すものか」

私は、今までに聞いたことのないエルマーの地を這《は》うような声と形相に、思わずその場で立ち尽くしてしまうのだった――


（……っ）

そんな前世を思い出した瞬間、ふっと意識が遠のきかける。

それを引き止めてくれたのは、力強い温かな腕で。

「っ、大丈夫か、リゼットッ」

名前を呼ばれ、意識が引き戻された私の目の前には、額から滴り落ちる汗を気にも止めず、心配そうに見つめる二つの真紅の瞳が。

「ヴィクター」

私は思わず、ギュッと彼の着ているシャツの胸元を震える手で握りしめた。

「大丈夫、側に居るから」

そう言って彼は私を安心させるように、そっと優しく、大好きな手で頭を撫でてくれる。

「……勝負はついたようだな」

お父様はそう呟いて、この試合の勝者の名を口にしたのだった。


「……っ！」

「あっ、動かないでじっとしていて！」

今私は、試合で負ったヴィクターの傷の手当てをしている。

そっとやっているつもりなのだけど、消毒が傷口に沁《し》みるようで、彼は顔を歪ませた。

「分かってはいたが、あいつ容赦なく斬り込んできやがって」

「エルマーは手を抜いたりはしないわ。彼、強かったでしょう？」

私の言葉に、ヴィクターは「あぁ」と頷いた。

「リゼットの言う通り、魔法に頼らずとも十分強いんだな」

「ふふ、それがマクブライドを守る私達のプライドだから」

私がそう言ってみせると、彼は「格好良いな」と笑った。

そして息を吐くと、「危うく」と私の髪を撫でながら呟くように言った。

「リゼットと、ウォルターを守るという約束を果たせないかと思った」

そう真剣な顔をして言うヴィクターに対し、私は思わず息を呑んでしまう。

彼はそんな私を見てふっと笑った。

「まあ、結果的に勝てたから良かったが」

「そうね」

私は彼の言葉に頷いた。

そう、お父様の口から発せられた勝者の名前は、ヴィクターだった。

剣の腕前は勿論、私が倒れそうになったところを受け止めてくれたヴィクター殿下にリゼを任せる。

そうお父様が告げたのだ。

「エルマーは今、どうしているのかしら」

「もしかしたら、まだここに居るかもしれないから捜して来てみたらどうだ。……あ、でももう体調は平気か？」

私が立ちくらみを起こしたことを心配してくれているのだろう。心配そうに瞳を揺らして問われたのに対し、「大丈夫よ、ありがとう」と口にして微笑む。

「そうね、エルマーを捜してみるわ。まだ情報を集めてくれたことについてのお礼も言えていないし、少し話をしてくる」

「あぁ、それが良い」

ヴィクターが頷いたのを見て、立ち上がり部屋を後にしようとしたが……、そうだと思いつき、もう一度彼の側に寄る。

私の行動に驚いた彼が口を開いた。

「リゼット？　どうし……っ」

そんな彼の顔に自身の顔を近付けると、私はそっと、その唇に触れるだけのキスをした。

すぐに距離を取れば、彼は驚き目を見開いて、ポカンと口を開け私を見つめていて。

それを内心可愛いと思いながら、にこりと笑みを浮かべて口にした。

「私のために沢山鍛錬を積んでくれてありがとう。貴方に、勝利の祝福を」

そう言って、すっと淑女の礼をして今度こそ踵を返す私に対し、彼が言葉の意図に気付いたのか、慌てて「いつから気付いていたんだ⁉」と後ろで声を上げていたが、それには答えず、逃げるようにその場を後にした。


「やっぱりここに居た」

「リゼット」

エルマーは私の名前を呼んでから小さく笑ってみせると、遠くを見やる。

私もエルマーと同じように彼の隣に腰を下ろし、小さな湖の湖面を見渡した。

ここは、私とエルマーが幼い頃によく遊んだ、家の敷地内にある場所だ。

「いつ見ても、この景色は変わらないから好きだわ」

「そうだね。僕も、自分の家より寧ろこの湖を見ている方が落ち着くよ」

水の魔法使いだしね。

そう言って彼は、水を動物に象ってその湖面上を走らせる。兎《うさぎ》や子犬、栗鼠《りす》……、その魔法はいつも私を励ます時にエルマーが使ってくれた魔法で。

「ふふ、やっぱりエルマーの魔法は凄いわ」

私がその動物達を見て微笑むと、エルマーは「そんなことはない」と答え、魔法で象られていた動物達は水の中に消えてしまった。それを目で追った後、私はエルマーに向かって口を開いた。

「ありがとう。私のために好きではない剣を手に戦ってくれて」

「まあ、負けたんだけどね」

そう悔しそうに言う彼に対し、私は首を横に振った。

「勝ち負けの問題ではないわ。貴方もヴィクターも、私を守ろうとして剣を取ってくれた。その気持ちがどれだけ嬉しかったか。私は二人に感謝の気持ちでいっぱいだわ」

本当にありがとう。

そう言って笑みを浮かべる私に対し、エルマーは少し目を見開き、「本当は」と口にした。

「僕は君に、行って欲しくなかっただけなんだ」

「でも、私には助けたい人がいるから」

「そうじゃなくて！」

エルマーはギュッと拳を握り、心なしか赤い顔で言った。

「ヴィクター殿下のところにも何処にも、行って欲しくなかった」

「そ、れは」

私が口を開きかけた時、エルマーは私にしか聞こえないくらい小さな声で、でもはっきりと告げた。

「好きだ」

飾ることのないその真っ直ぐな二文字は、前世の彼の口からも聞いたことがなくて。私は思わず固まってしまう。

そして彼を呆然《ぼうぜん》と見つめていると、彼は困ったように笑って湖面に視線を戻し、「返事はしなくて良いから」と口にした。

「君の気持ちは痛いほど分かっているし。あぁ、でも、これだけは聞かせて欲しい。リゼはイングラム国へ……、ヴィクター殿下の所へ行って、幸せ？」

再度私に視線を向けた彼は真っ直ぐに私の瞳を見つめてそう尋ねた。

その言葉に私も、迷いなく頷き答える。

「ええ。私は、ヴィクターの隣に居られて幸せだわ」

そう口にした私とエルマーの髪を撫でるように、サァッと柔らかな風が吹く。

少しの沈黙の後、エルマーは「あーあ、つまんない！」と地面に寝そべった。

「隙があれば横取りしてやろうと思ったのに。相思相愛とか立ち入る隙なんてないじゃん」

「ふふっ、それはそうかもしれないわね」

私がそう言うと、エルマーは苦笑した。

そんな彼に対し、でも、と口を開く。

「貴方の気持ちを知ることが出来て嬉しかった。ありがとう、エルマー」

「……リゼは本当、格好良いなあ」

エルマーが心からそう言っているように聞こえ、思わず吹き出してしまう。

そんな私を見て彼も笑う。

しばらく笑いあった後、エルマーは少し息を吐き、遠くを見て言った。

「こうなることは心の何処かで分かっていた自分がいた。……実はね、ヴィクター殿下がリゼに相応しい人物かどうか、ずっと見張っていたんだけど」

「そ、そうだったの？」

「うん。まあ、それで悪い所があれば、遠慮なくリゼを奪還しようと思っていた。だけど、それが怖いくらい非の打ち所がなくて」

「非の打ち所がないって。ふふっ、ヴィクターらしい」

私が思わずエルマーの言葉に笑えば、不意に後ろから抱き締められる。

「ヴィ、ヴィクター⁉」

そこには少し不機嫌そうに私を見る彼の姿があった。

エルマーはそれを見て、態《わざ》とらしくため息を吐く。

「はぁー、もう少し空気を読んでくれる？　勝手に割り込んでイチャつかないで」

「話は済んだだろう。婚約者なんだし、リゼットと仲良くして何が悪い」

「ちょ、ちょっと！　何で顔を合わせるとすぐ喧嘩腰《けんかごし》になるのよ⁉」

私が慌てて二人を止めようとすれば、彼等は顔を見合わせると答えた。

「「リゼ／リゼットのことが好きだから」」

「っ」

恥ずかしげもなく、その時だけは声を揃《そろ》える彼等に対し、私は顔が赤くなるのを通り越して呆《あき》れてしまう。

「もう！　二人が仲良くするまで口利かないから！」

私はそう言ってヴィクターの腕から逃れるように、その場を足早に後にする。

（……あれ）

意外にも、二人は私の名を何度か呼んだものの、追いかけては来なかった。

その代わり、二人は何か話し始めている。

（仲良くしている、のかしら？）

それに、いつの間にかエルマーはヴィクターに対して敬語を使っていなかったし。ヴィクターが許可したのかしら？

気になったものの、何となく二人が話している姿を見ていたら私が出る幕ではない気がして。

二人を横目に、先に家へと戻ったのだった。


一方の二人は。

「あーあ、リゼ行っちゃった」

エルマーの言葉に対し、ヴィクターはリゼットの後ろ姿を見て「仲良くしろ、か」と笑って言った。

「リゼットらしいな」

「それは不本意ながら同感だね」

ヴィクターの言葉に対し、エルマーも同意し笑う。

エルマーはふっと笑うのをやめ、ヴィクターの方を向いて言った。

「僕は幼い頃からリゼと一緒にいた。彼女を守るために。君は自分の命を賭して、彼女を……、リゼットを守れると誓える?」

リゼットと長く過ごした幼《おさな》馴染《なじみ》だからこその重い言葉が、ヴィクターの胸に突き刺さる。

それでも。

ヴィクターは、「あぁ」と迷いなく頷いた。

「この命を賭けてリゼットを守る。そして必ず、リゼットをここへ連れて帰ってくると約束する」

「……うん、迷いがなくなったね」

エルマーはそう言って笑った。

驚くヴィクターに対し、エルマーはヴィクターの胸のあたりを指差して言った。

「僕が見ていたここ数日の君は、目も当てられないほど剣筋が荒れていたからね。ただがむしゃらに、剣を振り回してるようにしか見えなかった」

「バレて、いたのか」

「当然だよ。僕だって一応軍人だからね。焦っていたんだろう？　僕が君に、魔法使いでないことをわざと言った時より前……、ここへ来た時から君は、リゼを含めた周りが皆、魔法を使えることをその身で感じて」

エルマーの言葉に、思わずヴィクターは俯いた。

それを見たエルマーは、「魔法は」と湖の方を見て口を開く。

「魔力をコントロールするために努力が必要なのは間違いない。ただ、魔法を使うこと自体は生まれながらの一種の『才能』、悪く言えば『因果』。自身で魔法を選ぶことも放棄することも出来ないからね。君達が助けたい人の魔法だって、リゼや僕だって、別に欲しくて魔法が使えるわけではない。寧ろいらないと思っている魔法使いが殆《ほとん》どだと思うよ」

「リゼットも、同じことを言っていた」

「そうだろうね。あの子が一番魔法を使うことを嫌っているから。だから、剣術や武術の鍛錬を怠らなかった。その結果、彼女は強くなった。それは貴方も同じでしょう？　ヴィクター殿下」

その言葉に、ヴィクターは目を見開いた。

エルマーが言っている真意に気付き、言葉を発する。

「ありがとう。お陰で目が覚めた」

エルマーは、それに対して何も答えなかった。

ただその手に持っていた茶色の本……、リランが持っていたものと同じ題名の、彼の家にあった本をヴィクターに手渡す。

その間際、彼はヴィクターの真紅の瞳を見つめて言った。

「リゼを……、リゼットを宜しくお願いします」

その言葉に、ヴィクターは迷いなく、「あぁ」と力強く頷き、本を受け取ったのだった。

＊

「リゼット、上着は持ったか？　薬は？　食料はこれで足りるかい？」

何処までも続く青空の下。

お父様はオロオロとしながら私にあれこれと質問する。

私はそんなお父様を安心させるように微笑みながら言った。

「大丈夫よ、十分過ぎるくらい荷物は持っているから」

私が馬上に載せた限界の荷物量を見てそう言うと、お父様の手をリランは軽く引いた。

「お父様、お姉様を困らせては駄目だよ。お姉様はしっかりしているんだもの、何処へ行っても大丈夫」

「……リラン」

いつの間に、こんなに大人びたことを言うようになったのだろう。

私はそんな彼女の体をぎゅっと抱き締め、「ありがとう」と口にした。

「貴女には助けられてばかりだわ」

「お姉様」

そんなことはない、と首を横に振るリランに対して私は微笑むと、今度はその手を握って言った。

「リラン。必ず戻ってくるから。それまで、お父様とエルマーを宜しくね」

「うん！」

リランは約束、と口にする。

その桃色の瞳には少し、涙が溜《た》まっていて。

それを見ていた私まで泣きそうになったのを堪え、私はリランに背を向けると、馬を宥めている
ヴィクターに声をかけた。

「ヴィクター、そろそろ行きましょう」

「あぁ」

ヴィクターが頷いたのを見て、私は馬に跨《また》がる。

そしてエルマーとお父様、リランの方を振り返ると、努めて明るい笑みを浮かべて言った。

「行ってきます！」

その言葉に、三人は笑顔で手を振ってくれる。

そしてヴィクターを見て頷くと、彼も頷き返してくれた。

私は「よし！」と気合いを入れると、彼に向かって口を開いた。

「ヴィクター！　今から競走ね！　どっちが早くあの山の麓《ふもと》に着くか！」

「ちょ、おい！　そんなことをしていたら体力が持たないぞ！」

「大丈夫！　私だって体力には自信があるんだから！」

そう言って、先に馬を走り出させた私に対し、彼も馬で後を追ってくる音が聞こえる。

私は自分の馬の蹄《ひづめ》の音と彼の馬の蹄の音を聞きながら、胸に込み上げてくるものを感じた。

(私は泣かない。これを大切な人達との最後のお別れになんて、絶対にしないから)

私にはまだやるべきことがある。

ウォルター殿下のことだって、彼と……、ヴィクターと歩む未来だって、諦めたりしない。

(大切な人達のために)

「リゼット」

そう名を呼ばれ横を見れば、いつの間にかヴィクターが私と並んで馬を走らせていた。

そうして、「俺も馬術は鍛えているからな」と悪戯っぽく笑ってみせる彼に対し、私はふふっと笑って口にした。

「ありがとう、ヴィクター」

私の突然のお礼の言葉に対し、彼は何のことだ、と首を傾げる。

(私の隣には貴方が居てくれるから)

それがどれだけ心強いか。

貴方は知らないでしょう?

「ふふっ、内緒」

そう言って笑えば、彼は再度首を傾げた。

そんな彼を見ながら、私は手綱をギュッと持ち直す。

「じゃあ私も、ここから本気を出そうっと！」

「あっ、おい！　リゼット！」

ヴィクターの焦ったような声が聞こえ、私は思わず笑みを溢す。

(ありがとう、ヴィクター)

再度、今度は心の中でそうお礼を言いながら、馬を走らせたのだった。

＊

「えーっと……、丁度中間地点かしら」

私がそう口にすれば、ヴィクターも私が見ていた地図を覗き込み、「そうだな」と頷いた。

「しかし、たった一日で、こんなに移動できるとは思わなかったな」

「そうね。きっとお父様も驚くと思うわ。やっぱり、馬車より馬に乗る方を選んで正解だったわね」

「あぁ」

私の言葉にヴィクターは真紅の目を細めて言った。

「それにしてもあれだな、リゼットは本当に勇ましいと言うか凄いな」

「ちょっと、それはどういう意味？」

褒め言葉には聞こえない！

と私が怒れば、彼は「今夜はここで寝るか」なんて話題を変えて、山の麓の崖にぽっかりと空いていた穴を指差して歩き出す。

「絶対褒めてない」

そうポツリと呟き、彼のその背中を追った。

私達が目指す『迷いの森』は、ラザフォード領が国の東側に位置するのに対し、北西に位置している。

北西と言っても、この国の地形上飛び出た部分に位置し、広大である為、西に位置するエルマーの家であるアーノルド領からでも遠い。

そんな『迷いの森』へは、ラザフォード邸から山を三つ越えなければならない。

山を越えずに迂回《うかい》することも出来るが、最低一週間はかかってしまうため、その線は消えた。

だから、行ける所までは馬を走らせることにして、山の中を突っ切る道を選んだ私達は、今一日で二つ目の山を越えた所まで移動することが出来た。

暗い洞穴の中に入り、私達は集めて来た木に魔法で火をつけ、その明かりで再度地図を見ながら計画を練る。

「予定より大分早いな。この調子だと、明日には『迷いの森』へ着けそうだ」

「そうね。明日もなるべく早くここを出て『迷いの森』へ向かいましょう。森へ着いたとしても魔女の家を探さなければならないから」

そう言いながら、私はふと不安にかられる。

(本当に、魔女はいるのだろうか)

お祖父様は『迷いの森』へ行き魔女の声を聞いたが、結局会えなかったとお父様は言っていた。

しかも、その声を聞いたのは既に亡くなっているお祖父様であり、本当に魔女が実在し生きているのかどうかも分からない。それに、もし会えたとしても私達の願いを魔女は聞いてくれるのだろうか。

「リゼット」

ヴィクターに名を呼ばれ、ハッと顔を上げる。

その真紅の瞳を燃える炎が照らし出す。

心配そうに見つめる彼に対し、私は少し笑った。

「『迷いの森』へ行くと言っておいて、こんなことを言うのは野暮かもしれないけれど、本当に童話の世界の魔女が実在しているのか不安になってしまって」

「この国では子供達が読む本だと言っていたな。どういう話なのか教えてくれないか」

ヴィクターの言葉に、私は頷き、少し考えてから口を開いた。

「この本は、何人かの子供達が章ごとの主人公になっていて、それぞれが魔女を訪ねるというお話なの。皆心に違う願いを持っていて、その中には、お金持ちになりたいとか、お姫様になりたいとか、そういった誰もが夢見るような願い事を持つ子もいるのだけど、違う願いを胸に訪ねる子もいて。

例えば……、亡くなったお友達に会いたいとか、家族に会いたいとか」

「結構、重い話なんだな」

「それは幼いながらに思ったわ。……だけどね、不思議と読み終わった後は幸せな気持ちになれるの」

正直、物語の結末までは鮮明には覚えていない。

だけど、物語の魔女は、その子達の夢をただ叶えるのではなくて、夢よりもっと大事なことを教えてくれる。

魔法を通して、言葉を通して。

本当に大切なことを教えようとしてくれる。

「この本は、読むのにとても時間がかかるの。難しい言葉で書いてあるわけではないけれど、深く読み込むことで見えてくるものがあるって、いつか誰かに言われたわ。だからずっと、マクブライドでは幼い子供達に読み聞かせられていたんだと思う」

私はその背表紙をそっとなぞりながら言った。

(そう、私もこの本をお母様に読み聞かせてもらったもの。それもあってこの本は、私にとっても特別な本)

「正に、『魔法の本』なんだな。昔からマクブライドの民にそうやって愛されてきたこの本は」

そう言って、ヴィクターも本を見て微笑んだ。

私はその言葉にそっと頷く。

「ええ。だからもし、この本を書いたのが魔女で、そういった子供達の願いを叶えてくれるのだとしたら……、会って私達の話を聞いて欲しい。魔法でもアドバイスでも。貴方のお兄様が助かるのなら」

「そうだな」

私の言葉に、彼はそう口にする。

そして、ギュッと私を抱きしめた。

「ヴィクター?」

「ありがとう」

私の耳元でお礼を言った彼に対し、私は思わず笑ってしまう。

「今日は二人で、お礼ばかり言い合っているわね」

「あぁ、そうだな」

私達はそう言って笑い合ったのだった。


その頃、リゼット達を見送った三人は。

「……お父様」

小さな体のリランは、そう呼んで彼の指先をギュッと握る。

そんなリランに対し、ラザフォード辺境伯は温かな微笑みを浮かべた。

「『リゼなら大丈夫』だろう?」

「……うん」

リランは別れ際、大好きな姉であるリゼットに託された言葉を思い浮かべ、握る手に更に力を込めた。

「行きましょう。クリフ様」

「あぁ」

エルマーはそうラザフォード辺境伯の名を呼ぶと、何処か緊張した表情を浮かべて歩き出す。

それに続き足を踏み出した二人の目の前には、月明かりが怪しく照らし出す、イングラム城がそびえ立っていたのだった。


「あら、雨……」

夜が明け、洞穴の外に出た私達を待っていたのは、昨日とは打って変わったどんよりとした雨雲と静かに降る冷たい雨だった。

「土もぬかるんでいるな」

ヴィクターの言葉に足元に目を向ければ、大きな水溜まりが出来ていて。

ヴィクターは私の頭にパサッと持ってきた上着を掛けてくれ、彼自身は自分のマントを頭から掛けて言った。

「ここから先は急な坂道の上、この雨の中、馬に乗るのは危ない。幸い山中に獣はいないようだし、歩いていこう」

「そうね。その方が良いわね」

私はヴィクターに同意して、持ってきた食料の中から馬の餌を取り出し、それを二頭に分け与える。

「ここまで連れて来てくれてありがとう。後は私達の力で魔女を探してくるわ」

そう声を掛けると、ヒヒィンと、二頭はそれぞれまるで答えるように鳴いた。


「大丈夫か、リゼット」

「うん、平気」

ヴィクターが転ばないよう、先行して私に向かって手を伸ばしてくれる。

その手を取りながら山の中間地点まで来たところで、ヴィクターが声を上げた。

「コンパスが効かなくなった」

「えっ」

ヴィクターの後ろからコンパスを覗き込めば、その針はクルクルと回っていた。

「参ったな。方角は合っているはずなんだが、太陽が出ていないから他に確認のしようがないな」

ヴィクターはそう言って息を吐く。私は辺りを見回した。

気が付けば、周りは深い霧に包まれていて。

(そういえば、『迷いの森』はいつも霧が立ち込めていると聞いたけど、もしかしてもう、ここがその中だったりする？）

私はヴィクターに「ねえ」と声をかけようと振り返ったその時。

「え……」

私は自分の目を疑った。

私の目に映る姿は、ヴィクターではなかったから。

まさか。そんなことがあるはずがない。

勝手に手がカタカタと震え出す。

私の目の前に立っていたのは。

「前世の、『私』……？」

そう、そこに居たのは紛れもなく、今より大人びた顔をしている、亡くなった時の姿の『私』だった。

そんな前世の『私』は薄く微笑むと、固まる私にゆっくりと歩み寄って来て言った。

『こんなところで何をしているの、リゼット』

「っ！」

思わず耳を押さえる。頭が割れるように痛い。

それでも前世の『私』は、私の頭に直接訴えかけるように話しかけてくる。

『どうして簡単に信じるの？　信じないと誓ったんでしょう？　あの人は、あの国は私達を散々痛め付けたのよ。忘れたの？』

その言葉に、私は言い返せなかった。

前世を体験した私にとって、それは紛れもない『真実』なのだから。

黙り込んだ私に対し、彼女は更に責め立てるように続けた。

『彼等は敵よ。それも、私達の大切な人を奪った！　私達に与えられたやり直しのチャンスは、彼等に「復讐《ふくしゅう》」するため。そうでしょう？　なのにどうして、貴女はそんな野蛮な彼等の味方をするの？　しかもこんな場所に来た理由は、あのヴィクターの兄の命を救うため？　……ふふっ、笑っちゃうわ。いつまでそうやって偽善者ぶるつもり？』

「違う」

『何が違うの？　彼等は罪を犯した。私達の大切な人を、ものを、奪って壊した大罪人よ！　何故そんな人達の力に私達がならなければいけないの？　火の魔法を持つ私達が屈服するような相手ではないわ。今すぐにでも消し炭に出来る、そんな非力な人間達なんか』

「違う！」

私は今度こそ、大きな声で怒鳴った。

驚きに目を見開く前世の『私』に向かって、今度は私が口を開く。

「確かに私は、憎いと思った。私の大切なものを全て奪っていったイングラム国が憎かった。酷いと思った。っ、だけど私は、憎みきれなかった」

私の目から一粒、涙が零れ落ちる。

「気付いているでしょう？　貴女も私も。ヴィクターは、私達が憎むような方ではなかった。実際に彼は、私達を守ろうとしてくれていたの。……だけど、私は気が付かなかった。ここに来てようやく分かったの。彼等も私達と同じように、大切な人を、ものをただ守ろうとしただけなんだって」

私の言葉に、前世の『私』は声を上げた。

『っ、そんなものには騙《だま》されない！　私は独りぼっちだった。お父様を亡くし、妹まで奪われ、殺されて』

「うん、知っているよ。私はそうして憎んだ末に、自分の命を絶ったんだもの」

『っ』

前世の『私』に近付き、そっとその頰に触れる。

その冷たい頰には、雨ではない雫《しずく》が流れていて。

私はそっとそれを拭いて言った。

「私は逆に、後悔しているわ。恨んで憎んだ彼の目の前で、命を絶つような真似をして。彼に逆恨みをするような形で、そうして、私は全てから目を背けてしまったことを」

もっと、たとえ鬱陶しがられたとしても、彼と向き合えば良かったと。

前世の『彼』を思い返せば、いつも私のために動いてくれていた、守ろうとしてくれていたはずなのに。

私は自分を独りぼっちだと決め付けて、彼を恨んだ結果残ったのは、消えない後悔という傷だけ。

「貴女の言う通り、私は偽善者なのかもしれない、っ、彼とここで向き合うことを、心の何処かで、罪滅ぼしだと、自己満足なのかもしれないと思ってしまう自分がいるのだから……！」

『前世』を思い出し、彼と向き合おうと決めた時。

私の心には、彼を前世で置き去りにしてしまったという後悔が残っていた。それは今でも同じ。

そんな思いは、二度としたくない。

過ちを犯さないためにも彼と向き合おう。

それが彼に対する、『罪滅ぼし』なのだと……。

「正直、今でも自信がない。こんな私が、あんなに真っ直ぐで、優しい彼の隣に居て良い存在なのか。『前世』を知らない彼に付け入るような真似をしてしまっているのではないかと……っ」

私は前世の『私』の両肩を、震える手で掴む。

「ねえ、教えて。私は……、私は、ここに居て良いの？」

そう口にして、ギュッと唇を噛み締めたその時。

『リゼット』

不意に、温かな声に名を呼ばれる。

「お、とうさま？」

声にならない声でそう口にすれば、お父様の声がリンという鈴の音と共に頭の中で響いた。

——何があっても『自分を見失わない』こと。

「そうだわ、私」

ここで今、くよくよしている場合ではない。

思い出せ、今やるべきことを。

私が、私に今出来ること——

「っ、私は、ヴィクターの大切な方を救いに来たの！」

前世の『私』が一瞬怯《ひる》む。

そして、彼女はふっと笑みを浮かべたと思ったら、不意に私の体が宙に浮く。

「え……」

正確には、いつのまにか足場が無くなっていた。

そして、私の体が傾いた瞬間、彼女は言った。

『それならその言葉、何処まで本気か見せてもらいましょうか』

「なっ⁉」

私の声は、空気に溶ける。

バランスが崩れ、私の体が頭から真っ逆さまに空へ投げ出される。上も下も分からず、為す術もなく急降下していく中、咄嗟《とっさ》に口にした言葉は。

「っ、助けてっ」

――ヴィクター！

気を失う寸前。

私の体が温かな、良く知っている落ち着く温もりに包まれる。

そうしてその人が私の名を呼んだ後、脳裏に女性の声が響いた。

……まあ、合格点って所かしら――

第四章

「ん……」

心地の良い温かな微睡《まどろ》みの中で私は目を覚ました。

何処《どこ》からか吹き込む爽やかな風が、頬をそっと撫《な》でる。

「あれ」

(ここは、何処だっけ?)

見慣れない、私の部屋より少し低い天井に、私は首を傾げた。

そして、先程から右手が温かな温《ぬく》もりに包まれていることに気付き、ふと視線を移せば、私の良く知っている漆黒の髪を持つその人が、長い睫《まつ》毛《げ》を伏せて静かに眠っていた。

右手の温もりは、彼が私と手を繋《つな》いでいるからだった。

それを見て私は目を見開く。

(そうだわ! 私、あの時身を空に投げ出されて)

それでどうなったの?

ここは、天国?

今私が見ている光景は、夢?

「……っ」

私の瞳から涙がこぼれ落ちる。

そして、震える手を彼の漆黒の髪にそっと伸ばし、その髪を撫でながら私は彼の名を口にした。

「ヴィクター」

私の声に僅かに彼の瞼《まぶた》が動く。

そして、閉じられていた目がゆっくりと開かれ、真紅の瞳が私を映し出した瞬間、彼は大きく目を見開いて私をその腕の中に閉じ込めた。

突然のことに私は驚いて反応が遅れてしまう。

「ヴィ、ヴィクター？」

私がそうそっと彼の名を呼んだけれど、反応はない。

（泣いているの？）

抱きしめられたその肩が微かに震えていて。

私はそっと彼の背中に手を伸ばす。

（温かい）

そうだわ、あの時。

崖から落ちてしまった時、彼は間違いなく私を助けてくれた。

気を失う寸前、この温もりに包まれたのを覚えている。

「ありがとう、ヴィクター」

お礼を言えば、彼は首を横に振るばかりで。

私が顔を見ようとすれば、それを阻止するかのようにギュッとその腕に力が込められる。

それに、いつものように静かに声を押し殺して泣くのではなく、微かに嗚咽《おえつ》が混じっていた。

(ヴィクター？)

様子がおかしい。

私が死んだと思ったのだろうか。

「大丈夫よ、ヴィクター。大丈夫、私はここに居るわ」

そう繰り返して、背中に回した手で撫でていると、不意に声をかけられた。

「あら、二人共漸《ようや》くお目覚めね」

私は驚き、ハッと顔を上げる。

その声の主を見て私は目を見開いた。

「貴女は……、もしかして」

ブロンドの髪を腰まで伸ばし、前髪から覗《のぞ》く瞳はエメラルド色。

リランとそう変わらないくらいの歳に見えるまだ幼い少女は、そんな見た目に反し、大人っぽい笑みを浮かべていった。

「私の名前はフェリーシナ。ちなみに、ここは貴女方が探していた『魔女』の家よ」

「では、貴女があの本に描かれていた魔女……？」

私の言葉に、彼女はエメラルド色の目を少し細めて言った。

「いや、私はその本の魔女ではないわ。その本を書いたのは私ではないから」

「貴女ではない？」

私の言葉に彼女は少し笑ってみせながら言った。

「そうね、話せば長くなるけど……、まあ、これも何かの縁だし、後で教えてあげるわ。とりあえず、ここでは落ち着かないから部屋を移動しましょうか。それにしても。ヴィクター・イングラム、貴方いつまでそうめそめそしているつもり。婚約者が困っているわよ」

ヴィクターに対する彼女の物言いに驚けば、彼はしぶしぶ私から体を離す。

そして、少し俯《うつむ》き加減で顔を合わせようとしない彼に戸惑っていると、目が合ったフェリーシナ様が首を横に振る。

(そっとしておきなさい、ということかしら)

私はとりあえず、フェリーシナ様の後に続くよう、元気のない彼の背中をそっと押しながら部屋を移動した。

フェリーシナ様に案内され、私とヴィクターは円形のテーブルの隣同士にあった席に着く。

そして彼女は、私たちの向かいに座ってから言った。

「まずは先に謝っておくわ。ごめんなさい、貴女達を試すような真似をして」

「試す？」

私がその言葉に首を傾げれば、彼女は「森の霧のことよ」と口にした。

「この森はね、以前はこんな霧はかかっていなかったの。というより、私達がかけていなかった、という方が正しいわね」

「ではこの霧は、フェリーシナ様が？」

私の言葉に、フェリーシナ様は「えぇ」と頷《うなず》いた。

「まあ、私の一存ではないのだけど。その本は、私の師匠様である魔女が書いた本なの」

「フェリーシナ様の、師匠様？」

「ええ。彼女は本物の『古《いにしえ》の魔法使い』だった。私達の魔法はね、貴女……、リゼットちゃんと呼ばせてもらうわね。リゼットちゃんや貴方方が助けたいという彼のものとは根本的に違う魔法なの」

そう言って彼女は、「これよ」と何処から出したのか、古びた本を見せた。

その表紙を見て、私は驚く。

「あ、それって」

「そう、呪文が書かれた『魔術書』よ」

聞いたことがある。

魔法使いには、大まかに分けて二つ、根本的に違う魔力があるのだと。

一つは、私達のように血筋で繋いでいる『魔力』を持つ魔法使い。

もう一つは、私達のような火や水といった特化型の魔力ではなく、『魔術書』に書かれた呪文を唱えることで、魔法を使うことの出来る魔法使い。その人々を、『古の魔法使い』と呼んでいたというのも聞いたことがある。

私達のタイプの魔法使いでも少ないのに、それよりもっと希少であるという『古の魔法使い』は殆《ほとん》どいないと聞いていたし、そういった『魔術書』でさえも実際に見たという人はいないと聞いていたため、私は作り話だと思っていた。

「まさか、『古の魔法使い』が実在するとは思いも寄りませんでした」

「そうね。私もここに迷い込んで来るまでは知らなかったわ」

「迷い込んで来るまで？」

私がその言葉に引っかかり尋ねれば、「そうね」と彼女は思い出すようにゆっくりと言葉を紡いだ。

「それが私の言った話せば長くなる、という話なんだけど……、まあ簡単に説明すれば、師匠様があの本を書いたと言ったでしょう？　私は、その本に導かれるようにここへ迷い込んだ子供の内の一人なの。当時身寄りのなかった私を、拾って育ててくれたのが師匠様だった」

「では、フェリーシナ様は、元からここで生まれ育ったわけではないということですか？」

「ええ。ただ私は、迷い子のようにこの森に転がり込んで、師匠様のお世話になっただけで、著者である師匠様の血縁者というわけではないわ」

その言葉に、では、と尋ねた。

「その師匠様は、今はどちらへ？」

「もうとっくの昔に亡くなったわ」

「え……」

私はフェリーシナ様から告げられた言葉に驚き固まる。

そんな私を見た彼女は、「あぁ、もう吹っ切れているんだけどね」と苦笑いをして言った。

「師匠様が亡くなったのはもう十数年も前のことだから……。あ、言っておくけど私、こう見えてもう二十八なの」

「「二十八⁉」」

それまで黙って聞いていたヴィクターと揃《そろ》って思わず声を上げてしまう。

それに対し彼女は、「あら」と笑って言った。

「まあ、驚かれるとは思っていたけれど、そんなに良い反応をすると思わなかったわ。ふふ」

「でも、どうして俺達より上なのに幼い見た目をしているんだ？　リゼットの妹くらいの年齢に見えるが」

「リゼットちゃんの妹さんは、確か八歳、だったかしらね。そうねぇ、それも話せば長くなるんだけど、順序立てて少し説明しましょうか」

『古の魔法使い』と、森の歴史を。

そう言って短く息を吐くと、彼女はこの地の歴史を語り出した。

『古の魔法使い』。

それは、数百年前に書かれたとされている『魔術書』にある呪文を唱えることで、魔法を使うことが出来る人々である。

昔は、そんな魔法使いが数多《あまた》居たとされているが、今では数少ない上、『魔術書』が時と共に風化していったことにより、徐々にその数を減らした。

「師匠様にも仲間が居たそうなんだけどね。皆離れ離れになってしまったらしいわ」

それもそのはず。古の魔法使いは、ありとあらゆる面で重宝されていたから。

『魔術書』に書かれた呪文を唱えれば魔法を使える。

当然魔力を持たない人間からは頼りにされたが、その力によって古の魔法使いは、窮地に立たされることになる。

「人間はね、一度欲望を知ると是が非でも叶《かな》えようとする者が出て来る。師匠様が古の魔法使いとして街で働いていた時もそうだった。魔法を使えない人間達は、次第にその力を欲するようになった。最終的には、古の魔法使いを捕らえ、自分達の操り人形にしようと考えたの」

「それはまるで、あの方と同じ……」

「確かに似たようなものね。貴方方が救いたいと思っている方と」

（リランの年齢のことといい、ウォルター殿下のことといい……、やはりこの方は何でもお見通しなんだわ）

そんなことを考えながら、彼女の言葉に集中して耳を傾ける。

「まあそんなこともあって、人間不信に陥った師匠様は人里離れたこの森……、マクブライド国のこの地に小屋を建てて住み始めたの」

調べたらこの森が当時一番安全だったらしいわ、と彼女は言った。

「そうしてここに住み始めた師匠様は、平穏な生活を送っていたそうよ。だけど、師匠様はそんな生活を退屈に感じた。元々彼女は社交的で、人が好きな方だったから。そこで目を付けたのが、純真無垢《むく》な子供達だった」

「だから、師匠様はこの本を？」

私の問いに対し、フェリーシナ様は「ええ」と頷いた。

「彼女は考えたの。童話としてこの本を作り、地図の秘密に気付いた子供達の願いを叶えてあげようと」

「……その師匠様は、人に利用されそうになっても、人を嫌いになりきれなかったということか」

ヴィクターの言葉に、フェリーシナ様は困ったように笑った。

「そう。師匠様は凄くお人好しな方だったから。それで、あの本をそっと図書館などに魔法で忍び込ませ、信じてここにたどり着いた方にしか魔法を使わないようにした」

（だから、わざと自分の居場所が分かるように、本に地図のページを入れたんだわ）

「ところが、その思惑は思い通りにはいかなかった。師匠様の本は子供を通じて人気となり、大人も手に取るようになった。そして、本を見た大人達は、描かれた地図がこの国によく似ていることに気が付いてしまったの。その結果……」

「以前と、同じことが起きてしまったんですね」

「えぇ」

フェリーシナ様は長く息を吐いた。

「その時には私も、この家に居候させてもらっていたわ。私は、まあ色々あって古の魔法使い見習いとして育てられていたから、彼女が子供達の願いを叶えているところもよく見かけてはいたけど。よりにもよってここを訪れた大人は、悪い大人達だった」

当時を思い出しているのか、彼女はギュッと拳を握った。

「私と師匠様はね、危うくその人達に誘拐されそうになったの」

「誘拐⁉」

「えぇ。まあ師匠様が負けるはずはないから、彼女は魔法を使ってその人達をここから追い出した。そして、そんな悪い人々が二度と訪れて来られないようにとった策が、この森を魔法の霧で覆うことだったの」

この森が深い霧で覆われている理由を知り息を吞《の》むと、彼女は「それに」と言葉を続けた。

「この霧は、ただの霧じゃない。これは、森に足を踏み入れた人を『審判』する役目も果たしているの。その人自身の心の中で一番恐れていること、或《ある》いは、トラウマとなっているものを引き出し、幻覚として見せる。それに対して彼等がどんな反応を示すかを見て、ここへ導くに相応わしい人物かを私達は見極めているわ」

「だから、私は……」

彼女は私とヴィクターを交互に見て、「そう」と言葉を発した。

「貴方方にもその審判を受けてもらって、それに合格したから私がお二人をここへ導いたというわけ。……貴方方は不思議な魂の持ち主だから、正直こちらも驚いたし、それを覗き見るような真似をしてしまって悪趣味だなとは思ったけど。これは、私達が貴方方の願いを叶える為の代償、と思って許してちょうだい」

(私が『前世の記憶持ち』だということも彼女には知られている、というわけね)

私は「構いません」と口にして頷いた。

(そういえばヴィクターは、あの霧の中で何を見たんだろう)

先程から口を開かない、何処か元気のない彼の姿を横目で見ていると、フェリーシナ様は「それで？」と腕組みをしながら尋ねた。

「貴方方は何を叶えて欲しくてここへ来たのか、詳しく教えてくれるかしら？」

その言葉に、ヴィクターと私は反応し……、私の方を向いた彼に頷いてみせると、彼はウォルター殿下のこと、それからその魔法についての説明をした。

全て話を聞き終えたフェリーシナ様は、「つまり」と人差し指を立てて言った。

「私にその、イングラム国の第一王子の『短命』という運命を変えて欲しい、というわけね」

「はい」

ヴィクターと私はその言葉を肯定すれば、フェリーシナ様は「そうね」と何かを考え込みながら口にした。

「そうなると……、聞いた感じ、『魔術書』の中にある呪文で思い浮かぶものは一つしかないわ」

「それは、どんな魔法ですか?」

(方法があるんだ!)

そう思った私の期待とは裏腹に、彼女の表情は冴《さ》えなかった。

「それは、二度と魔法を使えなくする、『解呪』魔法よ」

「……やっぱり、その方法でしか、あの方の運命を変えることは出来ないのですね」

私の言葉に、彼女は「それだけじゃないわ」と首を横に振った。

「その魔法には確か使われた前例がなかったはずだわ。それは多分、今までに解呪を望んだ方々が居なかったからだと思うの。……稀《まれ》にね、古の魔法には術者が代償を払わなければならなかったり、かけられた人に副作用を及ぼす魔法もあるわ。それが『解呪』の魔法にあるかどうかも分からない。つまり、私にもその彼にも大きなリスクが伴うということ」

想像もしないフェリーシナ様の言葉に、私とヴィクターは思わず息を呑む。

そんな私達を交互に見て、フェリーシナ様は「それでも」と言葉を続けた。

「貴方方はその願いを、叶えたいと思う？」

フェリーシナ様の言葉に、私は言葉に詰まってしまう。

（ある程度の覚悟は、出来ていると思っていた）

私達に出来ることならば尽力しよう。

そう思っていたけど、リスクがフェリーシナ様とウォルター殿下に降りかかるかもしれないのであれば話は別だ。

直接ウォルター殿下に『短命という運命を変えて欲しい』と言われたわけでもないのに、彼にも、それから術者であるフェリーシナ様にも、もしも『解呪』の魔法の副作用が現れてしまったら。

「迷っている時間はないわよ」

「え……」

フェリーシナ様は、何かを見て呟《つぶや》いた。

フェリーシナ様の視線の先の棚には、大きな水晶玉が置かれていた。

その中を良く見れば、何かが動いている。

「これって！」

私は思わず、その水晶玉に近付き覗き込んだ。

それはまるで、エルマーと私が交信するために使う鏡のように、映像が映し出されていた。

映像の中にはよく見知った人々がいて、その人々の表情が険しいことにも気付く。

「お父様⁉　リランにエルマーまで！　どうしてイングラム城に」

「貴方方が出発した後に、その三人がイングラムの王都へ自ら向かったみたいだわ」

フェリーシナ様が冷静にそう口にしたのを聞いて、私は心底驚いた。

「まさか、私達がここに来ることを伝えに行ってくれたということ⁉」

私の言葉に、ヴィクターは「そうだと思う」と私に同意して言った。

「『後のことは私達に任せて、リゼを連れて早く行きなさい』と。……ラザフォード辺境伯は、俺達が期限付きで時間を気にしながらラザフォード家に滞在していたことを知っていたからな」

「そんなことを言っていたのね！　だから私がイングラム国へ一旦戻ると言った時、時間がないからそのまま行きなさいと言ってくれたんだわ」

気が付かなかった。

三人がまさか、イングラム国へ私達の代わりに、人質となるかのように向かうことになってしまっていただなんて。

「早く行かないと」

「貴方方が行ったところで止められないわ」

私の言葉を、フェリーシナ様は強い口調で遮る。

「では、私はどうすれば良いのですか」

水晶玉は、緊迫したイングラム城の城内を映し出していた。

そこにいるお父様やイングラム国の騎士は皆武装していて。すぐにでも戦争に向かえる支度が整っている感じだ。

それを見て焦りが募る。

(こうならないように行動していたのに……っ)

私が無意識に、爪が手の平に食い込むまで握り締めていたことに気付いたのか、フェリーシナ様にその手を摑《つか》まれた。

驚いてフェリーシナ様を見下ろせば、彼女は少し笑って言った。

「大丈夫。皆を助けるためにここへ来た貴女なら、その術を見つけられるはずよ。自分を見失ってはいけないわ。今の貴女に出来る最善の選択を考えるのよ」

「フェリーシナ様」

フェリーシナ様に摑まれた手から、冷えきった体がじんわりと温かくなるように感じる。

(不思議。フェリーシナ様に言われると、勇気が湧いてくる、そんな気がする)

そっと瞳を閉じてから開けると、ヴィクターに向き直って言った。

「ヴィクター。私は」

「あぁ、分かっている。俺も同じ気持ちだ」

そう言って頷く彼に私も頷くと、フェリーシナ様に向かって頭を下げて言った。

「お願いします。ウォルター殿下を、お救い下さい」

私の言葉に続き、ヴィクターも「俺からもお願いします」と頭を下げた。

そしてフェリーシナ様は少しの沈黙の後、口を開いた。

「……えぇ。貴方方になら私、力を使っても良いわ」

「え……」

フェリーシナ様はふふっと笑って言った。

「実はね、私、この森に貴方方がやって来る前から二人の事が気になっていたのよ。……大切な人の運命を変えたいと願う貴方方が、どうやってその運命に立ち向かっていくのかを見届けたいと思っていたから。やはり私の目に、狂いはなかったわ」

そう言ってにこりと笑うと、フェリーシナ様は私の背中を押す。

「さあ、行って。私は『魔術書』やら何やら色々準備して行かなければならないから、後から追うわ。間違いなくイングラム国の城へ向かうから安心して」

「フェリーシナ様」

フェリーシナ様は薄く笑うと、「そうね」と考えながら言った。

「いくらラザフォード家の名馬とはいえ、ここからイングラム国まででは時間がかかりすぎてしまうから……、そうだわ。その馬に羽を付けてしまおうかしら」

「そ、そんなことが出来るのですか⁉」

「えぇ。便利な魔術だけは暗記しているからすぐ出来るわよ。見ていて」

彼女はそう言って、小さく何かを呟いた。

刹那、馬のいななきと足音がこの家に近付いてきたかと思えば、その音はやがてこの場所で止まった。

「ふふ、お利口で速い馬達なのね」

そう言ってフェリーシナ様は笑い、家のドアを開けるとそこには、山の麓で待っていたはずの二頭の馬が真っ白い大きな翼を広げ、私達を見ていた。

「凄い」

その姿はまるで、絵本の中のペガサスのようで。

驚き固まる私とヴィクターに対し、フェリーシナ様は「何をボサッとしているの」と叱咤《しった》した。

「早く行かないと間に合わなくなるわよ。戦争が始まっては元も子もないのだから」

「はい！」

フェリーシナ様の言葉に、私達は準備をしてそれぞれの馬に跨《また》がる。

「操縦方法は地を走る時と大差はないから、すぐにコツを掴めると思うわ。……まあ、安定しているとはいえ空中を飛んでいるわけだから、下はあまり見ずに前だけを見て走るのよ。良いわね」

「「はい！」」

良い返事ね、そう言ってフェリーシナ様は笑った。

「ヴィクター」

私が少し前にいるヴィクターに声をかければ、彼は真剣な表情をして頷く。

それを見たフェリーシナ様は、ヴィクターに向かって口を開いた。

「ヴィクター・イングラム。貴方はリゼットちゃんを守るためにここに居るのでしょう？　それを忘れないで」

その言葉に、ヴィクターは驚いたような顔をして、やがてふっと笑って言った。

「ありがとうございます。……貴女様のお陰で、大事なことを知ることが出来ました。必ず、リゼットをこの剣にかけて守ります」

改めてそうヴィクターが発した言葉の重みを感じ、私は一瞬言葉を失ってしまう。

そんな私を見て、フェリーシナ様は意味ありげに笑うと、ヴィクターに向かって「お役に立てたようで何より」とだけ口にした。

「さて、そろそろ行かなければね。お馬さん達、彼女達を宜しくね」

フェリーシナ様が優しい笑みを浮かべて二頭の馬にそう声を掛ければ、馬達はその言葉を理解しているかのようにヒヒーンと、それぞれ鳴き声を上げた。

私達がそれに驚いていているうちに、ふわり、と体が浮いたような感覚を覚える。

見れば、本当に馬の脚が地面についていなかった。

驚く私とヴィクターに向かって、フェリーシナ様は声をかけた。

「すぐに私も向かうから。それまでは二人で頑張りなさい」

「「はい！」」

私とヴィクターは、どんどん遠くなっていくフェリーシナ様に見送られながら、イングラム国へと飛んだのだった。


「リゼット、大丈夫か？」

「はへっ⁉　な、何が⁉」

突然声をかけて来たヴィクターに驚き、思わず肩を震わせれば、彼は苦笑いを浮かべる。

「やはりまだ慣れていないのか」

そう言って私が乗っている馬を指差した。

それに対し、私ははぁーっと長い溜息《ためいき》を吐きながら答えた。

「それは慣れないわよ。だって空を飛んでいるのよ？　私は火の魔法使いだし、童話の中にあるような箒《ほうき》に跨って空を飛ぶことなんてしないもの」

「でも意外と楽しいぞ？　あまり風も吹いていないから穏やかだし」

「……適応能力が高いと言うか、そう思えるヴィクターが凄いだけよ」

手綱をこれでもかと強く握っている私の隣で心なしか彼が楽しそうにしているのを、白い目で見て言う。

「なんだその目は」

そんな私の視線に気付いたヴィクターが苦笑いを浮かべてから、ふっと真剣な表情をして言った。

「これだけ多くの人に支えられたんだ。今度は俺達が兄さんを助ける番だな」

「ええ。そのために、何とか戦争をやめさせなければいけないわ。フェリーシナ様が来るまでに」

「あぁ」

私の言葉にヴィクターは力強く頷いた。

（そう、フェリーシナ様がウォルター殿下を助けると言ってくれた。だから私は、その言葉を信じて今私達に出来る最善の選択をする）

失敗は許されない。

一つでも選択を誤れば、前世のようにお父様や妹だけでなく、多くの命を失ってしまうことになるのだから。

「リゼット、あれ！」

ヴィクターの叫ぶような声にハッと顔を上げれば、遠くの平地に点々と、大勢の人影が見える。

「もう戦闘態勢に入っているのかっ」

「っ、皆は何処に」

「リゼット！　手前右側にマクブライド兵がいる！」

ヴィクターの言葉に目を凝らせば、こちらに背を向けた状態の、マクブライド国の戦闘服を身に纏《まと》った兵士達の姿があって。

「……本当に、マクブライド国の兵士まで戦争に召集されているんだわ」

今にも戦が始まりそうな状況を見て、私は「ヴィクター」と名を呼び、彼に向かって口を開く。

「私は魔法を使ってこの戦争を食い止める。その間に貴方は、陛下を捜してフェリーシナ様がいらっしゃることを伝えて」

「無茶だ！　一人でどうやって……っ」

ヴィクターの焦ったような声に、私は彼の瞳をじっと見つめて言った。

「大丈夫。私を信じて」

「っ」

ヴィクターの瞳が戸惑ったように揺れる。

そして一言、彼は口にした。

「どうして、君は」

その後の言葉は、風の音で聞こえなかった。

「ヴィクター？　何……っ」

彼は私があげた巾着袋を取り出すと、それに口付けを落とした。

ピリッと、甘い刺激が私の唇に走る。

驚く私に対し、彼はじっと私を見つめ、ふっと笑った。

「ここはリゼットに任せる。その代わり、こちらも早く終わらせてすぐに戻る！」

「ヴィクター！」

私が呼ぶより早く、彼は颯爽《さっそう》と馬を走らせて行ってしまう。

あっという間に小さくなっていくその背中に唖然《あぜん》とした後、私もふっと笑って手綱を握ったまま、ルビーの指輪にそっと口付けた。

「大丈夫、もう一人じゃないから」

前世とは違い、私は今皆に支えられてここにいるのだから。

「うん、ヴィクターに負けていられないわ！　私も急がないと！」

気合いを入れると、手綱をギュッと張り、加速させたのだった。


戦場へ近付くにつれ、戦場独特の緊迫した空気を肌で感じる。

（駄目、恐れてはいけない。私はマクブライド国を守る辺境伯家の血筋だわ。それに、元は皆を纏める役だったのよ）

如何《いか》なる時も、堂々としていなければならない。

そうお父様に教わったのだから。

私は深呼吸し、もう一度手綱を強く握ると、あらん限りの声で叫んだ。

「無駄な争いはやめなさいっ！」

私の声が届いたのだろうか。

それとも、神話に出てくるペガサスのような馬が、羽をはばたかせる音が聞こえたのだろうか。

皆が一斉に上空を見上げた。

そして、私の姿を見て驚きの声をあげる。

「何だ、あれは！」

「おい、馬に羽が生えているぞ！」

「乗っているのはまさか、リゼット・ラザフォード様ではないか⁉」

「あの方が、噂《うわさ》の！」

前者ははためく国旗からして敵兵である宗教国家のガウディ王国、後者は私を知っているマクブライド国かイングラム国の兵士だろうか、そんな声がざわざわとしている中で私の耳に届いた。

私は馬を低空まで下ろし、両者が向かい合う間の空をゆっくりと旋回しながら再びあらん限りの声で叫んだ。

「もう一度言う！　ここで争っても意味はないっ！　それでも、戦争を始めると言うのであれば、私が全力で止める‼」

（止める方法は強行的なものしかない。ここまで武装してしまっていたら、皆はもう気が立ってい

るから）

マクブライド国、それからイングラム国の兵士は戸惑いの表情を浮かべた。

それは、イングラム国の第二王子の、まだただの婚約者である私の言葉に従うべきか否かの判断が付かないからだろう。

（っ、言葉だけでは駄目かしら！）

私は唇を噛《か》み締める。

すると、ガウディ王国の兵の一人が一歩進み出て言った。

「はっ、何故マクブライドの元軍人……、イングラム国に寝返った者の言うことを聞かねばならない！　そんなことを言って、我々を騙《だま》せるとでも思っているのか!!」

その人の言葉に、私は強い口調で返した。

「私は、イングラム国に寝返ってはいない。それに、この戦いではどちらの味方もしていないわ。ただ私は、この無意味な戦争を止めたいだけよ！」

そう言ったところで、小娘の戯言だと思われるだけだろう。それならそれで、こちらにも考えがあった。

（出来れば、この方法は使いたくなかったけれど）

私がすっと手を前にかざすと、空中には光り輝く魔法陣が浮かび上がり、手から一気に炎が放たれた。

その炎は両国の間を隔てるように、大きな壁を作る。

両国の間に出現させた炎は、ゴォォという音と共に激しく燃え上がった。

「……くっ」

一気に大量の魔力を使うこの魔法は、私もあまり使うことはない。

それでもいざという時、兵を守るため、一時的に使えるようにと考えて幼い頃から訓練したものだった。昔はこの魔法を使うと五分と持たずに気を失っていたけど、今はどれだけ持つだろうか。

(っ、あまり長くは持たないかも)

馬に乗っているため、体にかかる負担も地上で使う時よりかなり大きい。肌から玉のような汗が出て、滴り落ちるのが分かる。

(お願いだから、兵を引いて)

私がそう願っても、両国は未だ尚睨《にら》み合《あ》いを続けていた。

多分、先に兵を引けば敗戦を認めたことになると思っているのだろう。

その上、両国の兵士達は私の言葉を信じてはいない。

ガウディ国側は、兵を引いた瞬間私が攻撃することを恐れて。

イングラム国側は、元敵国であるマクブライド国から来た私の言葉を信じるか否かで。

(分かってはいたけど、ここまで信用されないなんて)

私は唇を噛み締めた。

その間にも、体力はじりじりと奪われていく。

(ヴィクターとフェリーシナ様が来るまでは、この魔法を持たせなければ……っ)

その時、「リゼット！！！」と大声で私の名を叫ぶ声が聞こえた。

ハッとしてその声の主を辿《たど》れば、こちらを見上げるお父様の姿があった。

「っ、お父」

お父様の無事な姿を確認して私は思わず名を呼びそうになったが、その口を慌てて閉じた。

(ここで私が名を呼んでしまえば、中立の立場を貫いているという私の言葉は信じてもらえなくなる。それに、もしこの魔法が消えてしまったら、敵国が攻撃してくるかもしれない)

「っ」

私は視線を逸らし、魔力を使うことだけに意識を集中させる。

(大丈夫、もう少しの辛抱よ)

ヴィクターとフェリーシナ様の二人が来てくれれば、全てが上手くいくはずなのだから……。

＊

あれから何十分、いや、何時間が経過しただろうか。

私の意識は霞《かすみ》がかっていた。

(せめて、もう少し……)

だけど、いくら待っても一向に二人が来る気配はない。

底知れぬ疲労から、私の頭に『最悪』が過り始める。

(もしこのまま、二人が来なかったら？)

背中を伝う汗が、冷たく感じ始める。

一度考え出したら悪い考えは止まらない。

(フェリーシナ様の言った『魔術書』が見つからなかったら？　ヴィクターが陛下の説得に失敗していたら？)

駄目、私が信じなければ。

彼等は絶対に来る。来てくれる。

その時、突風に煽《あお》られた。

片手で手綱を持っていた私の体は宙に投げ出され……。

(あ……)

視界がぼやける。

尽きかけていた魔力がふっと消え、炎の壁が跡形もなく消えるのが視界の端に映る。

(守れ、なかった)

重力に逆らうことはできず、気を失い落ちていく……、その時、ふわっと体が浮いた。

「え……」

驚き目を見開いた目の前に、私が待ち望んでいた大好きな人の顔が映る。

「っ」

私の目からはとめどなく涙が零れ落ちて。

そんな私の涙をそっと拭ってくれながら、真紅の瞳を持つその方は、酷く掠《かす》れた声で口を開いた。

「来るのが遅くなってしまった。すまない」

「ううん、そんなこと……っ」

小さく首を横に振る。

ヴィクターはそれでも傷付いたような表情を浮かべ、「もう少し早く来ていれば」と口にする。

そしてそっと私の瞼に口付けた。

驚いている間に、彼は私にそっと触れるだけのキスを、頭に、頬に、手の甲に落とす。

「ヴィ、ヴィクターッ」

恥ずかしくなってそう彼の名を口にすれば、私を安心させるかのように最後はそっと耳に口付けてから言った。

「もう、大丈夫だから」

そう言って彼が上を見上げる。

その先にいた人物に、私はあっと声を上げた。

私達の少し上で、羽の生えた白馬を自在に操るその姿は。

「フェリーシナ様！」

私が名を呼ぶと、彼女は「遅くなってごめんなさいね」と言った。

「本を探すのに手間取ってしまって。長く貴女を一人にさせてしまったこと、申し訳ないと思っているわ」

「そんな、そんなこと」

二人が来てくれて、本当に良かった。

そう私が心の底から思っていると、彼女は「後のことは私に任せて」と言って笑い、すっと大きく息を吸う。

そして。

「ちょっとあんた達！　こんな若い子達を虐めてどういうつもりっ⁉」

「「「⁉」」」

フェリーシナ様の小さな体からは考えられないほどのドスの利いた声が、下にいる兵士達に向かって発せられ、私とヴィクターの耳までつんざいた。

軽く耳鳴りがする中、彼女は立て続けに言葉を続ける。

「ほんっと、大人気ないわねっ！　こんなに体をボロボロにしてまで身を挺してこの戦争を止めようとしているのよ⁉　犠牲を出さないようにと、貴方達を思ってやっていることだと何故分からないの⁉」

　次々と発せられる、見た目は幼い少女である彼女の罵声の数々に、口を挟むことも出来ず、ただぽかんとする両国の兵士達。一頻《ひとしき》り彼女は罵声を浴びせ続けたが、ふと我に返り、あぁ、忘れていたわと口を開いた。

「たかが子供かと思っている方も多いかもしれないけど……、私、こう見えて古の魔法使いなの」

　そうフェリーシナ様が口にした瞬間、皆が口々に声を上げだす。

「古の魔法使い？　あれは伝説ではないのか」

「そんな戯言、信じるとでも思っているのか」

「でも空を飛んでいるのは、魔法でなければなんだ？」

「だとしたら、彼《か》の方の言っていることは本当なのか？」

　その声を聞いたフェリーシナ様は口元だけに笑みを浮かべて言った。

「えぇ、本当よ。私は『魔術書』を操るれっきとした古の魔法使いよ。それに、私もリゼットちゃんと同じでこの場では中立、つまり貴方方のどちらの味方でもないわ。ただし」

　彼女はふふっと意味ありげに笑い、そして口を開いた。

「私、リゼットちゃんとは違って気が短いの。だから、生ぬるいことなんてしてられないわ。今すぐこの場から両軍とも撤退しないとどうなるか……、分かるわよね？」

味方である私達でさえも感じる、凄まじいフェリーシナ様の迫力にこの場にいる誰もが背筋が凍ったと思う。

「……古の魔法使いがいるだなんて聞いていないぞっ」

そう口を開いたのは、私につっかかってきた先程の兵士、多分、ガウディ国の司令官らしき人だった。

そして、悔しそうに唇を噛み締めると、彼はイングラム兵に背中を向け、「撤退だ」と口を開く。

その言葉に、次々と「撤退しろ」という声を上げ、ガウディ兵がぞろぞろとその場を後にしていく……。

「さて」

フェリーシナ様はそう切り出すと、私を見てにっこりと笑って言った。

「これで無駄な戦争はおしまい。後のことはまあ、陛下にお任せしましょう」

そんな軽い口調で言うフェリーシナ様に私達は開いた口が塞がらなかった。

ただ、確信したことがある。それは。

(フェリーシナ様は、怒らせてはいけない人だ)

そんなことを考えている私達を気にも止めず、彼女は口を開いた。

「さあ、城へ行きましょう?」

本来の目的はそこでしょ？

そう言って、彼女はにっこりと笑みを浮かべたのだった。

「あの」

「どうした？　やはり具合が悪いか？」

「いや、そうではなくて。この体勢は一体……」

私が至近距離にいるヴィクターを直視出来ず、そう尋ねれば、彼は「だから言っているだろう」と答えた。

「魔法を使いすぎたリゼットが倒れないか心配なんだと」

「だ、だからってこの体勢はっ」

（私の心臓がもたないんだってば!!）

私の背中と膝裏に回っている、ヴィクターの力強い腕。私を所謂《いわゆる》『お姫様抱っこ』した彼は、隣を歩くフェリーシナ様と共に陛下の元へと向かっていた。

（さっきから凄い周りに見られている気がする……っ）

恥ずかしいこの体勢をどうにかやめさせたい一心で、フェリーシナ様に助けを求めれば、彼女は私を見て呆《あき》れたように言った。

「貴女が悪いのよ。無理をして限界まで魔法を使うんだから。そんな体ではまともに動けないだろうし、今は大人しく彼に甘えていなさい」

「だ、そうだ」

心なしか嬉《うれ》しそうに、私を見て悪戯っぽく笑う彼に対し、恥ずかしくなって俯く。

ヴィクターに案内され向かった場所は、イングラム城の陛下専用の執務室だった。

その部屋には、机があり、壁いっぱいに本がぎっしりと並べられた棚が幾つも設置されている。

その机に陛下は向かい、私達を鋭い眼差しで見ながら口を開いた。

「本当に、ウォルターは助かるんだろうな？」

その声は低く、まるで私達の意図を勘繰っているようだった。

けれど、その言葉には不思議と悪意を感じない。

（きっと、心からウォルター殿下のことを救いたいと思っているから）

それに対して答えたのは、ヴィクターだった。

「はい。約束通り、兄上を助ける術を見つけて来ました」

その言葉に、今度はフェリーシナ様が一歩前に進み出て優雅にお辞儀をしながら言った。

「お初にお目にかかります、イングラム国王陛下。私はマクブライドの森に住む古の魔法使い、フェリーシナと申します。以後お見知りおきを」

そう言って、白いレースをあしらったドレスの裾を持ち上げ、淑女の礼をする彼女の言葉に補足するように、ヴィクターが口を開く。

「先程も申し上げた通り、彼女が古くから伝わる伝説の『古の魔法使い』です。彼女に相談したところ、古の魔法により兄上の短命という運命を変えることは可能だと」

「証拠は」

「え？」

「其方《そなた》が古の魔法使いだという証拠は何処にあるんだ」

陛下は睨むようにフェリーシナ様を見て、言った。穏やかでないその様子に慌てて口を挟もうとしたその時。

「……さっきから、黙って聞いていれば何なの？」

「「え？」」

私とヴィクターは、フェリーシナ様の口から漏れ出た言葉に驚きの声をあげる。

（まさか）

私がそっとフェリーシナ様の顔を見れば、そこには真っ黒な笑みを浮かべる彼女の姿があって。

（まずい）

止めなければ、と思った時には既に遅かった。

フェリーシナ様はコツコツとヒールを鳴らし、陛下に歩み寄ると……、バァンッ！　と、凄い勢いで陛下の机を叩《たた》いた。

「「「⁉」」」

これには私とヴィクターは勿論《もちろん》、陛下まで驚き固まってしまう。

そんな私達には見向きもせず、彼女は陛下に一気にまくし立てた。

「さっきから大人しく黙って聞いていれば何なのっ⁉　貴方、それでもヴィクターの父親なの⁉　口を開けば、ウォルター、ウォルターって……、そりゃあ、ウォルターはハンデを背負って生きてきた子でしょうし、助けたいと思う気持ちは痛いほど分かるわ。だけどね、息子はもう一人いるのよ⁉」

「フェ、フェリーシナ様、今はそんなことは……」

「あ⁉　貴方は黙ってなさいっ！」

ヴィクターが何を言いだすんだ、と慌てて止めに入ったものの、フェリーシナ様の目は完全に据わっていた。そんなフェリーシナ様を止められる者はもう、誰もいないだろうと判断し、私達は大人しくすることにした。

そんな私達の方を振り返りながら、彼女は言葉を続ける。

「ヴィクターがどんな気持ちで今まで過ごしてきたか分かる⁉　貴方は随分被害者ぶっているようだけど、元はといえば貴方が悪いんだからね⁉　……あの子は、ある日突然母親からも父親からも見向きもされなくなった。そして、今まで孤独を抱えて生きてきた。その気持ちが貴方には分からないでしょう⁉」

その言葉に、ヴィクターが小さく息を呑んだのが分かった。

(ヴィクター)

私は思わず、ギュッと彼のその手を握る。

「彼等はそれぞれ苦しんでいたのよ。貴方はウォルターの痛みは分かろうとしていたみたいだけど、その努力は決して賞賛に値するものではない。むしろそのせいで家族がバラバラになってしまった現実を、貴方もその目で見てきたはずよ」

「……っ」

陛下の表情は下を向いていて分からない。

ただ、机に置かれた拳は酷く震えていた。

そんな陛下を真っ直ぐと見つめ、フェリーシナ様は更に言葉を続けた。

「だけどね、貴方方は恵まれていると思うわ。だって、どんなに不幸な目にあっても諦めずに前を向き、人のためになろうとする方が側に居てくれるんだもの。ね、ヴィクター・イングラム」

「あぁ」

フェリーシナ様はヴィクターにそう問うと、彼は頷き、私を見た。

その表情は柔らかく、フェリーシナ様も同じように微笑みを浮かべてくれていた。

（フェリーシナ様は、私のことを言ってくれたんだわ）

そこで初めて自分の存在が出ていたことに気付き、少し恥ずかしくなる。

そんな私を見てから、彼女は再度陛下に向き直って言った。

「彼女達は、どんなに困難な目に遭っても希望を信じ続けた。だから私は、そんな彼女達の願いである『ウォルター・イングラムの短命という運命を覆す』、つまり魔法を解呪する為にここに来たの。……私がまだ古の魔法使いだと信じられないようなのであれば、この二人の努力は無駄になり、ウォルター・イングラムを助けられる術は皆無ということになるわよ。それでも良いなら私は帰るけど」

そう言った彼女は、酷く冷静だった。

だけどそれは全て本当のこと。

彼女の言葉には嘘偽《うそ》りなど一つもなかった。

(ここで陛下が信じなければ、ウォルター殿下のお命は助からない。お願い、どうか)

フェリーシナ様の言葉を信じて……。

どれくらいの時間が経ったのだろうか、沈黙を貫いていた陛下は、閉ざしていた口をゆっくりと開いた――

陛下との話し合いを終え部屋から出た私達を待っていたのは。

「お姉様！」

「リラン！」

リランが瞳を潤ませ、小さな体で私に抱き付いてきた。

「お帰り、リゼット」

「体は大丈夫なのか？」

そう言って微笑むエルマーの隣で、お父様は心配そうに私に尋ねる。

リランの頭をそっと撫でながら、二人に向かって「ええ、何とか」と苦笑いを浮かべて言うと、エルマーは今度は怒ったように言った。

「全く、本当にリゼットは僕達をヒヤヒヤさせてくれるよね。心臓がいくらあっても足りないっての」

「それはお互い様よ！　フェリーシナ様の魔法でここに三人が来ていることを知った時、生きた心地がしなかったんだから」

私もエルマーに言い返すと、彼は私の後ろにいたフェリーシナ様を見て言った。

「この方が、あの本の中に出てくる『古の魔法使い』？」

随分小さいね、という言葉にリランが反応する。

「フェリーシナ様は、私と同じくらいの歳なの？」

そう尋ねたリランに対し、フェリーシナ様は口を開いた。

「いいえ、違うわよ。本当はリゼットちゃんやヴィクターよりも少し年上なの。まあ、この見た目をしていれば分からないわよね。……えーっと、この子がリゼットちゃんの妹のリランちゃん、そして辺境伯家の三男のエルマー・アーノルド、隣に居るのが、クリフ・ラザフォード辺境伯ね」

三人は驚いたように目を見開き、顔を見合わせた。

「本当に古の魔法使いなんだね」

エルマーの呟きに対し、彼女はあら、と笑って言った。

「そうよ。でもまあこれくらいのことは魔法を使わなくても分かることだわ。貴方方のことは私、昔からよく知っていたし」

「それはどうして」

お父様がその言葉に反応したのに対し、彼女は微かに笑う。

「貴方のお父様が幼い頃、『迷いの森』を訪れたと師匠様からうかがって気になっていたものだから。あ、ちなみにあの本を書いたのが私の師匠様なのよ」

そう付け足してにこりと笑い、「さて」と口を開いた。

「お話はここまでにして、早く行かなければね」

「やはり見つけ出せたのか」

その言葉を噛みしめるように言ったのは、お父様だった。

私はそんなお父様に向かって「うん」と頷いてみせる。

「フェリーシナ様がこれから魔法を解いて下さるって」

「そうか」

お父様は心から安堵《あんど》したように息を吐き、私の頭を撫でながら言った。

「よく頑張ったな、リゼット」

お父様に言われ、私の目から思わず涙が零れ落ちる。

「本当、リゼットちゃんとヴィクターは頑張ったものね」

そうフェリーシナ様は言い、「行きましょうか」と私とヴィクターの背中をそっと押す。

するとヴィクターは先程と同じように私をお姫様抱っこした。

「ヴィ、ヴィクター⁉　だ、大丈夫だから……っ」

「駄目だ。絶対安静」

「うっ」

(さ、流石に家族にこんなに密着している姿を見られるのは恥ずかしいというか)

そんな私には構わず、ヴィクターとフェリーシナ様は、三人に見送られその場を後にする。

曲がり角に差し掛かって三人の姿が見えなくなったところで、私はヴィクターの胸にそっと身を預けたのだった。


「この部屋でウォルター殿下が眠っていらっしゃるのね」

私がそう聞けば、ヴィクターが「あぁ」と頷いた。

そこは東の主塔の『秘密基地』の部屋だった。

「俺達がフェリーシナ様を連れて来たのを知ってここに移したそうだ。あれからもずっと眠り続けているらしい」

そう言ってヴィクターはガチャリと鍵を開け、扉を開ける。

キィッと開いた扉の向こう、ベッドの上では、ウォルター殿下は生きているのか疑ってしまうほど、穏やかな顔をして眠っていた。

「綺麗《きれい》ね」

ポツリとフェリーシナ様が呟く。

本当にその通りだった。

淡い金色の髪が窓から差し込む陽の光に反射し、キラキラと輝いて見える。

肌も透けるように白く、シャツ姿で眠っている彼の姿はとても幻想的だった。

(本当に生きているのか、心配になるくらい)

ヴィクターは私達より先に進み出ると、そっとウォルター殿下の口元に耳を寄せた。

「ほんの僅かだが息をしている」

ほんの僅か、という言葉に背筋がすっと凍る。

(それは、もう長くないという証拠よね?)

穏やかに静かに横たわるその姿は、美しくも儚《はかな》い印象を与える。

でも確かに、その肌に血の気はなかった。それは宛《さなが》ら人形のようで。

「フェリーシナ様。ウォルター殿下を、お救いすることは出来ますか?」

怖くなって再度私が尋ねると、彼女は少し沈黙した後答えた。

「確率は、五分五分ね」

その言葉に驚き固まる私達に対し、彼女は口を開いた。

「何処まで私の魔力とその方の生命力が持つかどうか。それ次第だわ。私自身も、誰一人としてこの魔法は使ったことがないから、どれだけ体力を消費するかも分からない。けれど」

フェリーシナ様は私の手をギュッと握った。それにより、その手が微かに震えていることに気付く。

「信じて欲しい。リゼットちゃんのように強い気持ちがあれば必ず成功すると、祈っていて欲しいの」

（フェリーシナ様）

「もちろんです！」

フェリーシナ様の手を、私はそっと包み込んだ。驚いたような表情を浮かべるフェリーシナ様に対し、口を開く。

「フェリーシナ様なら必ず出来ます。お世辞ではなく……、フェリーシナ様には魔法だけではなく特別な力がある、そんな気がするのです」

「リゼットちゃん」

「私、無事に成功することを祈っています。それから……、ウォルター殿下を宜しくお願い致します」

「俺からも宜しくお願い致します」

そう言って、ヴィクターは私が握った手の上からそっと握り、頭を下げた。

フェリーシナ様は、「えぇ」と朗らかな笑みを浮かべると、そっと私達の背中を押した。

「本当はここに居て欲しいのだけど……、リゼットちゃんに万が一術がかかってしまってはいけないから、ヴィクター、貴方にリゼットちゃんをお任せするわ」

(そうか、これから使うのは『解呪魔法』だから)

フェリーシナ様の言葉に、ヴィクターは「分かりました」と言うと、当たり前のようにヒョイッと私を抱き上げる。

いつものことながら驚く私に見向きもせず、彼はフェリーシナ様に尋ねた。

「フェリーシナ様、彼女を部屋で休ませてもよろしいですか?」

「えぇ、少し時間もかかると思うしその方が良いわ」

「わ、私は大丈夫だからっ!」

(だってそれでは、ヴィクターがウォルター殿下の側に居られなくなってしまう)

ウォルター殿下のことが心配なのに、と私は思い、彼の腕から降りようとしたが、ヴィクターが「落ち着け」と耳元で囁《ささや》くものだから、思わず違う意味で力が抜けてしまう。

そんな私に対し彼はふっと笑うと、「おやすみ」と言って私の瞼にそっと口付けた。

「っ」

その感触にドキッとしたものの、私は瞼を開ける力もなく、そのまま引きずり込まれるように深い眠りへと落ちてしまうのだった。

第五章

――リゼット。

ふわふわと、心地の良い安らぎの中。

温かい、誰かの声が私の頭に響く。

(行かなきゃ)

最愛の、貴方の元へ――


「……んー」

うっすらと目を開けた先に映ったのは、見慣れた部屋だけど何処か懐かしい。

(長く眠ってしまったような気がする)

「ふふ、眠り姫は漸くお目覚めね」

「!?」

そう言って笑う、パチリとしたエメラルド色の瞳を持つスラリとした美しい女性に私は驚きの声をあげる。

「あ、貴女は、誰?」

「……あぁ！」

その方はパチンと手を叩《たた》き、「そうね、この姿では会っていないものね」と納得したように言った。

「ふふ、私はフェリーシナよ」

「フェ、フェリーシナ様⁉」

「あら、とても良い反応ね」

クスクスと笑ってみせるその姿に、私は思わず啞然《あぜん》としてしまう。

（だって）

物凄く綺麗《きれい》なんだもの……！

「あの、フェリーシナ様って、何か光をまとっていらっしゃったりしますか？」

「ふふっ、リゼットちゃん何を言っているの。まあ、驚くのも無理はないけれど」

フェリーシナ様はそう言って微笑みを浮かべる。

腰まで伸びたブロンドの髪に、その前髪から覗《のぞ》くエメラルド色の瞳。

そして、淡い色のドレスを着て微笑む姿はまるで女神のようで。

そんな彼女は、自身の胸あたりにそっと手を当てて言った。

「私はね、師匠様が亡くなる前、彼女に頼んで魔法をかけてもらったの。若い女性の一人暮らしでは、いくら『迷いの森』といえど危険だからと話し合った結果、幼い少女の姿に変えてもらった。

その術を解く術《すべ》を知らず、ずっと少女の姿のままだったのだけれど……、まさか、私にまで『解呪』が効くとは思わなかったわ」

解呪、という言葉に私はハッとする。

「そうだ、ウォルター殿下！　ウォルター殿下のお命は助かったのですか⁉」

「さあ、どうかしら。実際に見てきたらどう？」

私はその言葉に急いでベッドを降りようとすれば、「ちょっとお待ちなさいな」とフェリーシナ様に引き止められる。

「まさか貴女、そのままの格好で行くつもり？」

その言葉にハッと自分を見れば、夜着姿だった。

そんな私を見て、フェリーシナ様は再度笑い、「じゃあ私がいない間に着替えておいてね」と言うと部屋を後にしてしまう。

（フェリーシナ様に笑われた……）

というかあんなに美人だったなんて。いや、少女姿の時から可愛らしかったけど、本当に驚いたわ。

なんて考えながら支度をしていると、コンコンとノック音が聞こえる。

「はい」

私は髪を結い終え、扉を開けると。

刹那、ギュッと私の体を温かな体温が包み込む。

ふわっと掠《かす》めたその香りに、思わず笑みを溢《こぼ》した。

「心配をかけてしまってごめんなさい」

そう彼に言えば、ヴィクターは私の頭にそっと口付けを落として言った。

「良かった。もう体は平気か？」

「ええ、お陰様で。そういえば私、どれくらい眠ってしまっていたの？　随分長く眠っていたような気がするけれど」

「一週間」

「え」

私は驚き彼を見上げる。

「それは本当？」

「あぁ」

彼が頷《うなず》いたのを見て、思わず苦笑いをする。

「私、ここに来てから気絶するように眠ってしまっていることが多い気がする」

「リゼットは良い意味でも悪い意味でも、無茶をするところがあるからな」

「うっ」

それを言われてはぐうの音も出ない。

彼は「まあ」と真紅の瞳を細め、微笑みを浮かべた。

「俺達は、リゼットのその一生懸命な所に救われているんだがな」

感謝している、そう口にして私の頭を撫《な》でる大きな手に、少し擽《くすぐ》ったい気持ちになる。

「あのね、それを言うなら私も、夢の中でヴィクターが私の名前を呼ぶ声が聞こえてきて、その度に起きなくてはって思うの」

ふふっと笑う私に対し、彼は苦笑した。

「もしかしたら、俺が君の名前を呼ぶ声が、そのまま夢の中のリゼットに届いているのかもしれないな」

「ふふ、そうかもしれないわね」

私達が顔を見合わせ、クスクスと笑い合ったその時。

「あら、随分楽しそうね」

耳に届いた声にパッと慌ててヴィクターと距離を取り、その声の方を見る。

そこには、呆《あき》れたように笑うフェリーシナ様と……。

「ウォルター殿下……！」

その隣で、微笑みを浮かべるウォルター殿下の姿があった。

私は思わず、彼の元に駆け寄る。

「お、お体はもう平気なのですか？　魔法は？　解呪の魔法は成功したのですか⁉」

思わず質問攻めをしてしまう私に対し、彼は「うん、もう大丈夫だから」と笑って言った。

「フェリーシナさんのお陰でこの通り、すっかり元気になったよ」

「良かった……っ」

朗らかに笑い、心なしか前よりずっと元気そうに見えるウォルター殿下を見て、思わず目頭が熱くなる。

そんな私の肩にヴィクターの手が載り、そっと彼に抱き寄せられた。

「全部、リゼットのお陰だ」

「そんな」

私よりフェリーシナ様やヴィクターの方がと声を上げたが、三人は首を横に振る。

「いいえ、リゼットちゃんのお陰だわ」

「あぁ。リゼットが居なければ、兄さんを助けられなかった」

「うん。もちろん、フェリーシナさんやヴィクターにも助けられたけど、特に君には感謝しているんだ」

ありがとう。ウォルター殿下はそう言ってうっすらと涙を溜《た》めた微笑みを浮かべ、そっと目を閉じて言葉を続けた。

「私は君に、色々と頼み事をしてしまった。その全てが君の重荷になると分かっていながら」

「いいえ、そんなことはありません」

思わずウォルター殿下の言葉に口を挟み、続けた。

「私は、もう後悔したくなかった。未熟な私では、何も出来ないと諦めてきた過去を変えたかった」

私には、剣術や魔法以外に何もないのだと思っていた。

自分を無力だと決めつけ、行動することすらせずに全てを諦めてしまった。

「諦めて恐れていては何も出来ない。それなら、自分に出来ることを見つけて行動してから後悔する方がずっと良いと。ここに来てそう思えるようになりました」

ウォルター殿下の瞳を真っ直ぐと見て言った。

「それを教えてくれたのは、ウォルター殿下なのです」

『……君は、「未来」を変える為にここへ来たのではないの？』

ウォルター殿下しか知らなかった、私には『前世』の記憶があるということ。

彼はそれを知った上で、私に後悔しないよう何度も助言をしてくれた。

それらの言葉があったから、私はヴィクターとこうして想いを通じ合わせられた。

「御礼を言うのは、私の方です。ありがとうございました」

私が頭を下げれば、彼は「顔を上げて」と慌てたように言う。

その言葉に顔を上げれば、彼は心からの笑みを浮かべ、私とヴィクターに向かって口を開いた。

「これから、また新しい未来が始まる。この先どんな未来になるか、誰にも何も分からない。でも

「この国を、マクブライドも含めて幸せな地にしたい」

そう言うと、彼は私とヴィクターに向かって手を伸ばし、笑みを浮かべて言った。

「今度は三人で、この国の未来を作っていけたらと思う」

私とヴィクターは顔を見合わせ、その手に重ねて口を開いた。

「「はい！／あぁ」」

そうして三人で笑い合うと、不意に後ろからフェリーシナ様が声をかける。

「あら、私だけ置いてけぼり？　私にも協力くらいさせてくれないの？」

その言葉に私達は驚いてしまう。

「え、良いんですか⁉」

「もちろん」

フェリーシナ様はそう言うと、ふふっと悪戯っぽく笑って言った。

「私、気に入っちゃったから」

「え？　何をですか？」

私が首を傾げれば、彼女は笑い、ウォルター殿下を見て言った。

「彼のこと」

「「えっ⁉」」

私とヴィクターは思わず驚きの声を上げる。

それに対して二人は何故か、意味ありげにクスクスと笑うのだった。

＊

あの日から一ヵ月。

長いようで短かったこの一ヵ月間は、未然に終わった戦争の後始末、それから、この国の未来を決めるための話し合いに時間が割かれた。

又、この一ヵ月の間のウォルター殿下の体調は、以前に比べて目に見えて調子が良くなったと言う。定期的に診察をしている医師も、健康体そのものと判断している。それは、フェリーシナ様の『解呪魔法』が成功し、それによって本来の彼の生命力……、寿命を引き出した分、魔法が使えなくなったからである。

彼自身、『あれは要らない魔法だから』と言っていたが本心は分からない。

けれど、命を取り留められたことに間違いはなく、フェリーシナ様にはウォルター殿下を含め、私達も心から感謝している。

それから、敵国については後から聞いた話だが、イングラム国との貿易に以前から摩擦が生じていたとのこと。そのため両国は、戦争ではなく再度話し合いをし、和平交渉を行うことで問題解決をしている最中である。

又、その交渉の中では、敵国、それからイングラム国の王位を他の者に継承する、つまり王位交代をすることが条件となった。

そして今日、『戴冠式』を以て、イングラム国は新たな王を迎え、新しい未来への出発を告げる。


豪華絢爛《けんらん》な大広間の中。

大勢の人々に見守られるその方は、堂々とした佇《たたず》まいで現国王陛下の目の前に跪《ひざまず》く。

その頭に、現国王陛下は王冠を載せ、高らかに宣言した。

「これより、新たにイングラム国国王を、ヴィクター・イングラム。貴殿に定める」

そう告げた国王陛下の言葉の後、まるで新たな国王を祝福するかのように窓から明るい太陽の光が差し込む。

彼の頭にある王冠にちりばめられた宝石が太陽の光を反射し、キラキラと輝きを放つ。

しかし何より、漆黒の髪を靡《なび》かせながらその場に立ち、照らし出された真紅の瞳を少し眩《まぶ》しそうに細めながら人々を見渡すその姿こそ、この国の新たな王に相応しいと誰もが思ったであろう。

「新国王陛下、万歳！」

その声に反応し、人々の中から次々に祝福の声が上がった。

そして、彼は人々の声に応えるように手を上げた後、婚約者として近くで見ていた私と目が合った瞬間、柔らかな笑みを湛《たた》えてくれたのだった。

新国王に選ばれたのは、第一王子であるウォルター殿下ではなくヴィクターだった。

最有力候補はウォルター殿下だったのだが、彼は王位継承権を放棄し、ヴィクターに告げた。

「私は皆の前に立つより、誰かを補佐する役目の方が合っている」

と。

それに、誰よりも努力してきたのはヴィクターだから。と、そう言って、自らヴィクターを補佐する立場を選んだ。

ヴィクター自身も、ウォルター殿下が王位を継承するべきと考えたが、ウォルター殿下が病み上がりであることも考慮して彼の意見を飲み、陛下の手から直接王冠を授かったことにより、本日をもって新国王に即位した。

戴冠式を終え、彼の元へ歩み寄ると私は声をかけた。

「おめでとうございます、陛下」

そう言って淑女の礼をする私に向かい、彼は苦笑いをして答えた。

「はは、君にそう言われるのは慣れないものだな。……というより、今でも信じられない。俺が、まさか国王になるなんて」

彼は、「幼い頃からウォルターが国王になると思っていたから」と自分の手の平を見て言った。

（そうか、前世で彼が即位していたのは、第一王子であるお兄様が既に亡くなってしまっていたか

らなんだわ)

改めて前世とは違う、新たな未来の幕開けに期待と、ほんの少しの不安が胸を過ぎる。

(これから先、私はどうなっていくのかしら)

「リゼット」

不意に名を呼ばれて彼を見上げる。

少し近くなった距離に驚いていれば、彼はそっと私の頰を撫でた。

「後半年で、君は成人を迎えるな」

「……はい」

彼の言葉に、少し俯《うつむ》いてしまう。

そんな私を不思議に思ったのか、彼は「どうした?」と首を傾げる。

私は少し迷った後、口を開いた。

「ヴィクターは……、その。大人だよね」

「成人をとっくに迎えているからな」

「そ、そういう意味ではなくて!」

(私はこれから先も、彼の隣にいても良いのだろうか)

新たな国王である彼の姿を見て私は思ってしまった。大人な彼よりも随分幼く見える私が、彼の隣にいても良いのだろうかと。

彼には、フェリーシナ様のような素敵な女性の方がお似合いなのではないかと。

そう考えてしまって俯きがちになっていた私の顎が、ぐいっと上へ向かされる。

真紅の瞳とバチッと間近に視線が重なり、私が驚いて身を引こうとすれば、彼は「逃げるな」と口にした。

その言葉に、体中を甘く痺《しび》れる感覚が駆け巡り、私は彼の視線から顔を逸らすことが出来なくなってしまう。

そんな私を見て彼はゆっくりと口を開いた。

「どうせまた余計なことを考えていたんだろう。国王である俺の婚約者で良いのだろうか、と」

「っ！」

「……図星か」

ヴィクターは呆れたように溜息《ためいき》交じりに言い、「良いか」と私に念を押すようにはっきりと告げた。

「俺は君以外の女性は眼中にない」

突然そう言い切った彼に驚いたのも束の間、彼はぐっと私の腰を引くと、その距離を一気に縮め、言葉を続ける。

「君は薄情だな。君が成人を迎える日が俺は待ち遠しくて仕方がないというのに」

「ヴィ、ヴィクター！　距離が近」

「だって君が成人を迎えれば、晴れて君は、俺の『婚約者』ではなくなるだろう？」

その言葉に思わず顔を上げた。

（『婚約者』ではなくなる？　それって一体）

「わ、私が成人したら……、私は、ヴィクターの婚約者ではなくなるの？」

「それはそうだろう、だって」

「⁉」

ふわり、と体が浮く。

それは、ヴィクターにお姫様抱っこをされたからで。

「ヴィ、ヴィクター！　誰かに見られたら……っ」

「良いから、そのまま聞いて欲しい」

真剣な表情でそう言われては、私は何も言えなくなってしまう。私が大人しくなったのを見て、彼は朗らかに笑って言った。

「君が成人を迎えたら、俺は君を王妃として迎え入れるつもりなんだが。君は違うのか？　リゼット」

その言葉に、私の目から思わず涙が溢《あふ》れ出す。

「ほ、本当に？　私で良いの？」

これは、夢なんだろうか。

こんなに嬉《うれ》しいことがあるのだろうかと。

彼の温かな言葉を、表情を見て何度もそう思ってしまう。

彼はそっと私を下ろすと、「あぁ」と微笑みながら私の涙を拭って言った。

「他の誰でもなく、リゼット。俺は君と二人でこの先の未来を歩いていきたい。……そう願ってはいけないか？」

涙を拭ってくれても、私の目から涙は溢れるばかりで。

言葉が上手く紡げない。

けれど。

（答えなきゃ）

「私は」

涙を拭ってくれたその手を取り、私の頰に添え、はっきりと口にした。

「私も。貴方の側にいたい。誰よりも近く……んっ」

その言葉をまるで遮るように、彼に口付けを落とされる。

触れるだけのその優しい口付けと唇から伝わる温かな体温に、私の心は満たされていく。

（夢ではない）

私はこれからも彼の隣に居て良いんだ。

そう自覚した時、そっと閉じた私の瞳から更に一筋の涙が、頰を伝って落ちたのだった。

どれくらいそうしていただろうか。

そっとヴィクターから体を離し、照れ隠しに二人で笑い合ったその時。

「あ、いたいた！」

「「⁉」」

澄んだ高い女性の声が私達の耳に届く。

その女性の声にパッと振り返れば、そこにはフェリーシナ様とウォルター殿下の姿があった。

「フェ、フェリーシナ様！」

私は慌ててヴィクターから更に離れようとしたが、彼は私の腰に回した腕を退けようとはせず、邪魔をするなとばかりに不機嫌そうに口を開いた。

「もう少し空気を読んでくれませんか」

「あら、十分イチャイチャする時間はあったでしょう？」

フェリーシナ様が少し怒ったようにそう口にすれば、隣にいたウォルター殿下が苦笑した。

「ごめんね。私は止めたんだけど、フェリーシナがいつまで待っていれば良いんだと怒って」

「ま、まままさか」

見ていたんですか⁉

私がそう問えば、彼女は「さあ何のことかしら？」と惚《とぼ》けながらも、ニヤニヤと笑みを浮かべていることで、私は確信した。

「……見ていらしたんですね」

「あら、不可抗力よ不可抗力。だって私達、ヴィクターに用があって捜していたんだもの」

「用？」

フェリーシナ様の言葉にヴィクターが反応する。

彼女は「剣を出して」と、ヴィクターに向かって手を差し伸べた。

その手を見てヴィクターは怪訝《けげん》そうな顔をしたものの、陛下から王冠と共に授かったこの国の宝剣をフェリーシナ様に渡した次の瞬間。

フェリーシナ様は、思い切り高くその宝剣を真上に放り投げた。

「⁉　な、何をす……」

「良いから、見てなさいって」

驚くヴィクターに彼女はそう返すと、真っ逆さまに落ちてくる宝剣に向かって何かを唱えた。

その瞬間。

パァッと、宝剣が光を放ち輝き出す。

そしてゆっくりと、ふわふわと空を舞うように降りてきた剣をパッと手に取り、ヴィクターに向かって差し出した。

「はい、私からのお祝い」

「な、何をなさったのですか？」

「試してみたらどう？」

フェリーシナ様はヴィクターに向かって意味深に笑うと、パチンッと指を弾いた。

その瞬間。

「わっ⁉」

ポンッと、確かにここにはいないはずの私の幼馴染《おさななじみ》の姿があった。

「エルマー！」

「え、リゼット⁉　フェリーシナ様まで⁉　ど、どういうこと？」

何が何だか分からないと困惑する彼に向かって、フェリーシナ様は「貴方に一仕事頼みたいの」と言うと、ヴィクターの剣を指差して言った。

「簡単な魔法で良いから、あの剣に向かって攻撃してくれる？」

「「⁉」」

フェリーシナ様の突然の発言に私達は驚き固まってしまう。

これには流石にエルマーも驚いたような表情をしたものの、次の瞬間ニヤッと笑って言った。

「良いよ」

「エ、エルマー」

フェリーシナ様が何をしたのかは知らないが、魔法を使えないヴィクターに攻撃するなんて無茶だと止めようとするが、それより先に、エルマーは手から水を出現させ、その大量の水が一気にヴィクターに向かって放出される。

「……っ」

私は思わず目を瞑《つぶ》りそうになったが、次の瞬間我が目を疑った。

水を放出したエルマーはもちろん、まともに魔法を食らったはずのヴィクターも無傷だったから。

「どういう、こと？」

ポツリと私が呟《つぶや》けば、ヴィクターは剣をまじまじと見て言った。

「この剣には、魔法が効かない？」

「ふふ、御名答」

フェリーシナ様はヴィクターの言葉に笑みを浮かべ、口を開いた。

「これは私からの餞別《せんべつ》よ。この国の国王の、リゼットちゃんを守ろうとするその心意気を買ったの。人に魔力を与えることは出来ないけれど、物になら『祝福』という形で、魔力をほんの少し分け与える事が出来る。所謂《いわゆる》、魔女にとっての箒《ほうき》のような魔道具ね」

その言葉に、先に口を開いたのはエルマーだった。

「は⁉　古《いにしえ》の魔法使いってそんなことも出来ちゃうの⁉　というかそれって、ヴィクター陛下がチート能力を手にしたってことじゃん……」

「チート？」

私はエルマーの言葉の意味がよく分からず首を傾げる。そんな私の呟きには答えず、彼は悔しそうに唇を噛《か》み締《し》めた。

その様子を見たフェリーシナ様はふふっと笑うと、ポンポンとその肩をまるであやすように叩いて口を開いた。

「まあまあ、貴方はまだ若いんだし、お姫様を守りたいのなら努力しなさい」

その言葉に、エルマーは私をチラッと見てほんのり顔を赤くする。

私が何となく察して思わずヴィクターの方を見れば、不機嫌そうな彼の瞳とバチリと目が合ってしまう。

(あ、はは、本当に仲が悪いのね)

粗方《あらかた》私のせいかもしれないけれど……。

微妙な空気になりそうな予感がしたのも束の間、フェリーシナ様がポツリと口を開いた。

「若いって良いわね」

ま、私もまだまだ若いけど。

そう言って今度は嬉しそうにウォルター殿下の腕に手を回す彼女に少し驚いてしまう。

「え、いつの間に？」

剣を収めて近くに来ていたヴィクターがそう呟いたのを聞き、フェリーシナ様はふふっと笑って答えた。

「それは、私達だけの秘密」

ね、とフェリーシナ様がウォルター殿下を見れば、彼は笑って頷いた。

それを見て思わず息を呑《の》む。

(確かに、この二人はお似合いだわ)

絵になるような美男美女。

それを私は惚《ほう》けたように見ていれば、隣に居たヴィクターがそっと私に耳打ちした。

「俺達は半年後だな」

その言葉に思わず赤面する私に対し、彼はふはっと吹き出して笑う。

フェリーシナ様が突然顔を赤くした私と、笑い出したヴィクターに驚きの声を上げれば、今度は
「なーに、どうしたの二人して」

ヴィクターが私の腰をぐっと抱き寄せ、「秘密だ」と笑って言った。

その表情を見て私は改めて思う。

(この方の笑顔を、二度と失いたくない)

『前世』とは違う未来。

この先に待つのは、もう『二度目』ではなく、全く新しい未知の世界。

(彼とこうして幸せになるために、私はここへ来たの)

それがどれだけ尊くて、幸せなことか。

だからこそ、私は。

「リゼット？」

突然黙った私を不思議に思ったのか、彼に名を呼ばれる。

その声に顔を上げると、私は今自分に出来る、とびきりの笑顔を浮かべてみせた。

「ヴィクター」

そして私も彼の名を呼び、耳元で言葉を口にする。

今の私の気持ちを的確に伝えられる言葉を。

「あぁ、俺も」

その言葉を聞いた彼は、私の言葉と同じ言葉を、私の大好きな表情で口にしてくれた。

『愛している』と――


――それから更に、時が経った。

城下中の鐘が遠くで鳴り響き、城の鐘がまるでそれに応えるかのように、これから始まる『二人』の未来の祝福を告げる。

時を超え、運命を変える為に現れた少女。

その少女は今日もう一度、いや、新しい未来を歩き出す。

『最愛』の人と共に。

豪華絢爛な大広間の中。

嘗《かつ》て色々なことがあったこの場所で、彼女は今度こそ幸せを摑《つか》んだ。

純白の花嫁衣装を身に纏《まと》った彼女は、家族や友人に見守られ、大広間の中心を、前だけを向いて歩く。

そして祭壇の前に立つと、隣に立つ男性が彼女の方を向き、その名を呼んだ。

「リゼット」

名を呼ばれ、顔を上げた花嫁に対し、彼は真紅の瞳を細めて柔らかく微笑む。

そんな彼に向かって、彼女は微笑みを返してそっと嚙みしめるように口を開いた。

「ヴィクター」

そう名を呼ぶ彼女に、彼はより一層破顔し、そっと手を差し出す。

彼女は迷うことなくその手を取り、顔を見合わせて心からの笑みを浮かべると、どちらからともなくギュッと手を握った。

そして二人、互いに誓う。

喜びも、怒りも、哀しみも、幸福も。

全て分かち合い、歩んでいくことを。

二度目の人生こそ家族を守るために嫁ごうと決意した令嬢と、『前世』『現世』共に冷酷と言われた王子の結婚。

愛のない結婚を覚悟した二度目の政略結婚は、『前世』の記憶を持つ少女が自らの手でその幸せを摑んだ。

そして二人が紡ぐ物語は、『前世』とは違う新しい未来へと続いていく――

『その政略結婚、謹んでお受け致します。～二度目の人生では絶対に～』　完

【番外編】

『君のいない世界　ヴィクター視点』＊リゼット亡き後、前世ヴィクター独り語り

——ただ君を守りたかった。
こんな汚い世界を見せたくなかった。
その一心で、こんな狭い世界の檻《おり》の中に君を閉じ込めるような真似をして。
わざと冷たくあしらった。
君に見せたかったのは、広くて綺麗《きれい》な青空の下の世界。
そのもののはずだった——

「「「国王陛下、万歳!!」」」
長期に亘《わた》る戦乱の世が終わりを告げ、ようやくイングラム国には平和が訪れた。
抜けるような青空の下。
その声援に手を振り応える俺の横に居るはずの姿は、もう何処にも居ない。
(何処かで君は、見てくれているだろうか)
ようやく手にした平和を。
自分を、君の大切な人達を、そして、最愛の君を犠牲にしたこの国の『平和』を。

平和な世界を築き、この光景を君に見せることを目標にしていたその『結果』は。
何一つ、幸せなど残りはしなかった。

今でもはっきりと覚えている。
初めて、凛《りん》と立つ君の姿を戦場で見て一目惚《ひとめぼ》れしてしまったこと。
和平交渉の席で初めて君を近くで見たこと。
戦場で多くの兵士が亡くなった、いつまでも消えることのなかった『炎』を。
ここに仕方なくといった形で嫁いで来た君の怒りと悲しみが混ざった表情も。
側にいる事で危害が及ばないようわざと突き放した時の君の絶望した表情も。
泣き叫び、妹に届くことのなかった手を伸ばす君の姿も。
あの日……、君が見せた最初で最後の『笑顔』も。
そして。
『さようなら、陛下、いえ、ヴィクター様。私は貴方のことが』
大嫌いでした――

「っ」
ハッと目が覚めた。

月明かりが窓から差し込み、極端な程家具の少ない寒々しい部屋の中をぼんやりと照らし出す。

「っ、夢、か」

そう呟《つぶや》き、何気なく頬に触れれば、冷たく濡《ぬ》れる感触。

「……はっ、また泣いていたのか、俺は」

自嘲し鼻で笑いながらそう言ってみたが、声は言葉とは裏腹に酷く掠《かす》れ、震えていた。

(何を今更)

泣いたって喚いたってどうしようもない。

あの日、君を手放した。

最愛の彼女を自らの手で殺したも同然だというのに。

俺は何処にいても、何年経っても。

君の姿を探している。

(何一つ、この手で守れなかったくせに)

彼女の大切な人……、父親を、妹を。

助けたいと願い、何度も周囲の反対を押し切り助けようとした。

けれど全て手遅れだった。

戦場へ赴けば、彼女の父親の姿は骨さえも見つからなくて。

妹は彼女を連れ帰るために来たのに、予期せぬ魔力の暴走により謀反の罪を着せられ、目の前で殺された。

それにより、彼女も……。

何度も頭を過ぎるその光景に、自分に対する怒りで震える拳を、力任せにドンッとベッドに叩《たた》きつけた。


気が付けば、彼女が眠っている場所に来ていた。

その場所は、最初で最後に彼女と同じ景色を見た、元は俺のお気に入りの場所である、城内で一番見晴らしの良い小高い丘の上。

まだ夜明け前のその場所には花々が咲き乱れている。

花々はまるで彼女を守るように、そっと吹いた風と共にその小さな体を揺らした。

それらを踏まないようにしながらゆっくりと彼女の眠る場所へと歩み寄る。

やがてその目的の場所に立ち止まると、そっと冷たい墓石に触れた。

その墓石には、彼女とその妹の二人の亡骸が葬られている。

「こんなところではなく、君が本来居るべきはずの場所に帰してあげたかった」

すまない。

その言葉を、何度この世にいない彼女に向かって口にしただろう。

だけど、いくら謝っても、彼女が戻って来るはずもなく、一生その罪が消えることも無い。

（所詮、ただの自己満足だ）

そう考えるのももう何度目だろうか。

こんなに世界は広いのに。

彼女は何処にも居ない。

それでも。

「せめて、君に見せたかったこの世界で、誰も不幸になることのないように」

この命尽きるまで、自分に課された宿命を果たすことを誓う。

「だから、見守っていてくれないか」

天を仰ぎ、そっとその名を口にした。

「……リゼット」

さぁっと暖かな風が、無数の花弁と共に空を舞う。

その傍らで、遠くの空が夜明けを告げるようにゆっくりと白み始めていた。

『君と生きる世界』＊現世ヴィクター独り語り

——俺はどうして生まれて来たんだろう。
そんなことをいつも考えていた。
だけど君の姿を一目見た瞬間、
何て綺麗《きれい》なんだろうと。
一瞬で心奪われ、夢見てしまった。
『君と一緒にいたい』、そんな夢を——

「……クター、ヴィクター」

よく知る心地の良い澄んだ声で名を呼ばれ、ハッと目を開ければ、大きな橙《だいだい》色《いろ》の瞳を心配そうに揺らすリゼットの姿があった。

「ごめんね、起こしちゃって」

と申し訳なさそうに口にする彼女に対し、俺は首を横に振りながら辺りを見回した。

「俺は机に突っ伏したまま寝ていたのか」

「そうみたい」

風邪をひいてしまうと思って起こしたの、と言いながら、彼女は俺の後ろにあった窓のカーテンを開けた。

既に陽は昇っていて、明るく部屋の中を照らし出す。

「駄目だな、最近は忙しくてなかなか眠れない」

「ヴィクターは、もうすぐこの国の王様になるのだものね」

リゼットはしみじみとそう呟き、窓の外を見つめた。

そして、「聞いても良いのか分からないんだけど」とおずおずと口を開いた。

「陛下……、ヴィクターのお父様は、王位をヴィクターに継承した後はどうなさるか聞いているの？」

「父上のことか」

聞きにくそうにそっと視線を逸らしているのが分かり、俺は少し微笑みを浮かべ、リゼットに向かって手を伸ばす。

「わ⁉」

「大丈夫、リゼットにはいずれ話そうと思っていたことだから」

そう言って安心させる為に、彼女の体を抱き寄せ、椅子の上でふわりと横抱きにした。

「ヴィ、ヴィクターは私を、お、お姫様抱っこするのが好きなの⁉　重いでしょう⁉」

「ははっ」

顔を赤くしてそう反応する彼女に対し、俺はそっと耳元で呟いた。

「重いって言ったら？」

「ぶっ飛ばす！」

「ふはっ、冗談だ」

リゼットの女性らしからぬ言葉に思わず吹き出せば、彼女は怒ったようにそっぽを向く。

そんな彼女の横顔を見て微笑みを浮かべてから、静かに言葉を紡いだ。

「父上は、この城を出て行くそうだ」

「え……」

「イングラム国の南の地に王家専用の別荘がある。そこで余生を過ごすと言っていた」

父上は、ウォルターのためとはいえ他国と戦争をし、多くの血を流してきた。

結果的にイングラム国側が戦争に勝ち、敗戦国を支配という形でその国の独裁政治を排除してきた為《ため》、罪に問われるようなことは今までなかったが、父上自身、多くの命を犠牲にして成したことだと反省し、今後一切イングラム国の政治には携わらず、ひっそりと幾つかある内の一つの別荘で残りの時間を過ごすそうだ。

俺の言葉に、リゼットはこちらを見て言った。

「ヴィクターは、このままで良いの？」

リゼットにそう問われ、俺は言葉を失った。

彼女はギュッと自分の服を握ると、意を決したように口を開く。

「お父様とは、十分に話し合った？」

その言葉に俺は思わず息を呑《の》み、やがてふっと息を吐いてから言った。

「やっぱり君には敵わないな」

「え……！」

驚く彼女の肩にそっと顔を埋める。

そしてゆっくりと口を開いた。

「リゼット。これから少しだけ、付き合ってくれないか」

「もちろん」

リゼットは迷うことなくそう言って、俺の頭をそっと撫《な》でてくれたのだった。

＊

俺達は、『ある場所』へ寄ってから、父上の部屋を訪れた。

隣にいるリゼットを見ると、彼女はギュッと俺の手を握って頷《うなず》いてくれた。

（大丈夫、彼女がいてくれるから）

そう思うと、不思議と勇気が湧いてくる。

そんなことを考えながらコンコンとノックをし、ガチャッと扉を開ければ、父上は椅子に座っていた。

そして俺を見て驚き目を見開く。

「ヴィクター」

少し息を吸うと、そっと笑みを浮かべて口を開いた。

「お加減はいかがですか、父上」

思ったよりも他人行儀な言葉が口から飛び出て。

そんなぎこちない態度になってしまった俺に対し、父上も同じように、何処かぎこちなく口を開いた。

「あぁ。私は平気だが……、それよりお前の方が平気そうではないぞ。目の下に隈《くま》が出来ている」

思わず自分の目の下に手をやれば、隣にいた彼女が口を開いた。

「彼は最近碌《ろく》に眠れていないそうです。今日も机に突っ伏したまま寝ていました」

「お、おい、リゼット」

「そうか」

リゼットの言葉に、父上はそう言って俺を見た。

そして、次の瞬間、俺達に向かって頭を下げた。

「すまない」

「え……」

突然の謝罪の言葉に、思わず固まってしまう。

初めて、いや、久し振りだった。父上が威圧的な態度を取らないのは。レベッカ様や母さんが居なくなる前の父上が戻って来た、そんな錯覚を起こす。

そんな俺に対し、父上は言葉を続けた。

「ヴィクター、お前には幾ら謝っても謝りきれない。お前をずっと一人ぼっちにした上、辛く当たってしまったこと、謝っても許されることではないが。お前には辛い運命を背負わせてしまった。本当にすまない」

その言葉は、一つ一つ俺の胸の中にストンと落ちてくる。

(父上に謝られたのは、初めてだ)

頭を下げる父上の姿も、初めて見た気がする。

そして、父上は隣にいるリゼットを見て言った。

「リゼット嬢。君にも酷い言葉をかけた上、まだ十五の君に酷な選択を迫ってしまった。家族を大切に思う気持ちは人一倍分かっていたはずなのに、私は結局、自分の大切な家族ですらバラバラにしてしまった」

それは、フェリーシナ様がこの前、父上にかけた言葉と同じだった。

「父上」

俺はそう言って頭を下げ続ける父上の前に歩み寄り、立て膝をつく。

そしてその手をそっと取った。

俺の行動に驚き目を見開く父上。

その手は、昔幼い頃に見ていた父上の手とは思えないほど、皺《しわ》が増えていた。

「確かに俺は、今でも父上を許せていない部分は正直ある。特に俺の大切な人であるリゼットに酷い態度をとった事実を知った時、怒りで震えたのは今でも覚えている」

「……ヴィクター」

後ろで小さく、俺の名を呼ぶ彼女の声が聞こえる。

そんな彼女をちらっと見てから、再度父上に向き直った。

「ただ、大切な人を守りたいという父上の気持ちも痛いほど分かる。その存在を失ってしまった時の喪失感、怒りや悲しみは考えただけで気が狂いそうになる」

だから彼女を、自分の手の届くところ……庇護下に置こうとした。

「だけど……、そうしたところで、誰も守れはしなかった」

思わず握っている手にギュッと力がこもる。

でも、と俺は言葉を続けた。

「犯した罪や心に負った傷は、消すことは出来ないかもしれない。だけど、生きている今なら目を背けてしまった過去ともう一度向き合って、その傷を少しでも癒すことが出来ると思う」

だから。

俺は父上から離れると扉をそっと開き、部屋の中へ『ある場所』から連れてきた人物を招き入れる。

その姿を見た父上は今度こそ目を見開き、立ち上がった。

そして、震える声でその名を口にした。

「君は、メアリーか?」

「っ、はい」

そう、俺達がここへ来る前に向かった場所。

それは、城下の薬屋だった。母さんと父上にもう一度、離れ離れになる前に会ってもらいたかったから。

戸惑う母さんに事情を話し、ここへ一緒に来てもらったのだ。

そんな母さんを目の当たりにした父上は、ふらりとこちらに向かって歩み寄って来る。

思わず身構える母さんに対し、俺も一瞬警戒したがその心配は無用だった。

母さんの目の前まで歩み寄って来た父上は、母さんを抱き締めたのだ。

そして、その瞳から大粒の涙を流しながら言った。

「君が、生きていてくれて良かった……っ」

心からそう震える声で口にした父上の言葉に、母さんも涙を流す。

リゼットも、父上や母さん以上に涙を流していた。

そんな彼女を見て心から思う。

俺は幸せ者だなと。

そう思いながら、父上と母さんに二人でゆっくりと話をしてもらおうと、リゼットの肩をそっと抱き寄せ、その場を後にしたのだった。


「リゼット、落ち着いたか？」

部屋を後にして彼女を連れて来た場所は、俺のお気に入りの場所、小高い丘の上だった。

暖かな風がそっと頬を撫で、小さな花の蕾《つぼみ》から微かに香る花の香りが鼻を擽《くすぐ》る。

いつまでも泣き止まない彼女にハンカチを差し出しながらそう問えば、彼女はそのハンカチを受け取り苦笑いを浮かべた。

「ごめんね、何か、涙が勝手に込み上げてきちゃって」

「……そうか」

それ以上踏み込むような真似はしなかった。

彼女が重ねているものが何なのか、何となく分かった気がしたから。

「ねえ、ヴィクター。一つ、聞いても良い？」

泣き止んだ彼女が下を向きながらそう俺に尋ねる。

それに対し、「あぁ、何だ？」と問えば、彼女は口を開いた。

「あの、さっき『誰も守れはしなかった』って言っていたでしょう？　あれは、誰のことを言っていたの？」

その言葉に驚き思わず固まったが、それには答えず俺は言葉を紡いだ。

「俺は、リゼットに救われたんだ。君がここに来て、俺が君のためだと思って作った壁を、君は破って俺と向き合ってくれた」

そう言葉を紡ぎながら、泣いた跡が残る彼女の赤い頬にそっと手を添えて続ける。

「そんな君に、俺も家族も救われたんだ」

父上も母さんも……、それからウォルター兄さんも。

彼女がいなければ、助かることはなかった。

「君は、俺をいつも驚かせる」

絶望の淵《ふち》に立たされた時。

不意に現れるのは、君という希望の光だった。

そうして俺がいる暗闇を眩《まぶ》しいくらいに照らしてくれる君に、いつも救われていた。

俺は色々な思いを込めて、そっと彼女の唇に口付けを落とす。

――初めて君の姿を戦場で見た時。

凜と立つその姿に一目惚《ひとめぼ》れしてしまった。

婚約者を選べと言われた時、気が付けば口にしていたのは君の名前だった。

そうして現れた君は、今まで見た誰よりも綺麗で。

『君と一緒にいたい』と思い描いた夢は、より一層その思いを募らせた。

君は俺がどれだけ君を思っているか、知らないだろう?

不器用故に伝えられないこの思いを、君と紡いでいくこの先の未来で、時間をかけて伝えていけたらと思う。

だからこの先もどうか、俺の大好きな笑顔を見せて欲しい。

そう願ってはいけないだろうか?

「リゼット」

彼女からそっと体を離し、その名を呼べば。

彼女は俺が大好きな、陽だまりのような笑みを浮かべてくれたのだった――

『二度目の人生では幸せに』＊リゼット視点、結婚式夜と……

「リゼット」

不意に名を呼ばれ、ハッと目を覚ませば、困ったように二つの真紅の瞳が揺れていた。

そんな彼の顔を見てガバッとベッドから起き上がって謝る。

「ご、ごごごめんなさい！　私」

結婚式、その後のお披露目パーティーもそこそこに、私はある『準備』を整え、いつもとは違う部屋で彼が来るのを待っていたら、気が付けば眠ってしまっていたらしい。

（うぅ、ヴィクターのことをちゃんと待っている予定だったのに）

そう、今日は特別で大切な夜。

ヴィクターと夫婦になった、初めての夜だから。

（準備をして待っていたら、うっかり眠ってしまうだなんて）

花嫁にあるまじき行為だと叱られると思ったら、ポンと私の頭に大きな温かい手が優しく載って。

驚く私に向かって、彼は目を細めて笑った。

「すまない。疲れている君を待たせてしまって」

「い、いえ、そんな」

(ヴィクターの方がよっぽど疲れているはずなのに)

彼に気を遣わせてしまった。

思わずギュッと拳を握っていたことに気が付いたのか、ふっと私の体に影が差す。

へ、と驚いたのも束の間、視界が反転して……。

気が付けば、彼にベッドに横たえられていた。

そして彼はふっと笑みをこぼすと、私の隣に寝転がった。

「そんなに驚かなくても。ようやく、この日が来たんだ。君と結ばれる今日この日を、ずっと待っていた」

「っ」

まるで慈しむように、そう言って私の頬に手を添わせる彼に思わず赤面してしまう。

恥ずかしさを誤魔化そうと他に思いを巡らせた時、ふとずっと前から気になっていたことを思い出して口を開いた。

「あの、一つだけ質問しても良い?」

「何だ?」

ヴィクターは頬杖《ほおづえ》をついて首を傾げた。

そんな彼に向かって言葉を続ける。

「前から気になっていたんだけど、その。ヴィクターが私に一目惚《ひとめぼ》れしたというのは、本当？」

真紅の瞳が大きく見開かれ、顔を赤くさせながら彼は怒ったように口を開いた。

「そ、それは誰から聞いた！　サイラスか⁉」

「え⁉　フェ、フェリーシナ様とウォルター殿下から」

「っ、人の心を読みやがったな」

悔し紛れにそう赤い顔をして文句を言う彼に、私は思わず笑ってしまう。

そんな私を見て彼はムッとしたように口を開いた。

「何故笑っている」

「え？　だって、ふふっ、愛されているなあって」

「なっ⁉」

私からそっと彼に抱き付いて口を開いた。

「それを聞いて、凄く嬉《うれ》しかったの」

ずっと気になっていた。

どうして私は、和平交渉の交換条件に組み入れられてしまったのだろうと。

私の魔力が欲しかったから？

マクブライドの戦力を削ぎたかったから？

気が付けば、どんどん悪い方にばかり考えがいって。

「ずっと、ヴィクターと思いが通じ合うまで、どうしてここへ来たんだろうって思っていた」

それは、前世の時から疑問に思っていたことだった。

初めて彼と二人きりで話し、突き放された時、あぁ、この婚姻には愛なんてものは存在しないんだと。

彼には愛されることはないんだと、前世の自分は諦めた。

「だけど、一目惚れだと聞いて」

私の目から一筋、涙が溢《こぼ》れ落ちる。

(もし、前世のヴィクターも同じだったとしたら)

「素直に、君に告げていれば良かったんだな」

「ヴィク……っ」

彼の唇がそっと私の唇に重なる。

触れるだけの優しいキスに、私の心に温かな気持ちが広がっていく。

そして彼は、私の頬に流れた涙を拭いながら言った。

「サイラスにも同じことを聞かれた」

「サイラスに？」

「彼にも、どうしてリゼットとの婚姻を和平条約の交換条件になんて出したんだと尋ねられた。それについては、俺も酷いことをしてしまったという後ろめたい気持ちがあって」

それでも話しておけば良かった、と彼の言葉に驚いている私の髪を手に取りながら、そっと口を開いた。

「君の言う通り一目惚れだったんだ。前に、君を戦場で見かけたと言ったことがあるだろう？……この金色の髪が陽の光を浴びて煌《きら》めき、凛《りん》と立つその姿を初めて見た時、俺は、一瞬で恋に落ちていた」

「！」

初めて聞く話に、返事をするのも忘れてヴィクターの瞳をじっと見つめてしまう。

彼はそんな私の目を見て照れ臭そうに笑いながら、そのまま言葉を続けた。

「そして、父上にある日告げられたんだ。そろそろ結婚相手を決めろ、と。その時、自然と口にしていたのが」

「私の名前だったの？」

「あぁ」

『リゼット・ラザフォード』

彼の形の良い薄い唇が、私の昔の名前を紡ぐ。

そんな彼を見て、私はまた涙ぐんでしまう。

「っ、ごめんなさい、何か今日は泣いてばかりだわ」

結婚式でもお披露目パーティーの時も泣いたのに、困るくらい涙が涸《か》れることはなくて。

そんな私に、そっと瞼《まぶた》や頬に口付けを落とす。

そしてまたギュッと、今度は力強いその腕に強く抱き締められた。

「そんなに喜んでくれるとは思っていなかった。つまらない意地を張っていないで、君にもっと早く伝えていれば不安にさせることもなかったはずなのに」

すまない。そう口にした彼に対し、私は顔を上げた。

「そんな！　こうして聞けただけで十分、幸せだわ」

「……リゼット」

私の名を呼んだ彼の目にも涙が溜《た》まっていて。

「ヴィクターも、今日は泣いてばかりね」

私とお揃《そろ》い、なんて彼の頬にそっと手を添えれば、再び視界が反転する。

気が付けば、私を見下ろす彼の顔が間近にあって。

思わず息を呑《の》む私に対し、彼は妖艶に笑い、「約束通り」とゆっくりと口を開いた。

「『結婚したら、歯止めなんて利かせないから』」

いつの日か言われたその言葉に、顔を赤くして良いのか青くした方が良いのか分からず、咄嗟《とっさ》に口を開いた。

「お、お手柔らかにお願いしますっ」

「ふはっ」

私が漸《ようや》く口にした言葉に対し、彼は吹き出す。

そんな彼に向かって抗議の声を上げようとした私の顔に、彼は顔を近付け……。

「善処しよう」

そう吐息が触れる距離で言った彼と、今度は深く甘く唇が重なり、私はその熱に身も心も委ねたのだった――


――七年後。


「行くぞっ、ウォルト！」

王城の広い庭で、そう声を張り上げた少年……、その特徴的な真紅の瞳を持つ彼は、金色の肩まで伸びた髪を揺らし、ウォルトと呼んだ人物に向かって剣を打ち込む。

一撃をウォルトが剣で受け止め、カキンと大きな音を鳴らし、剣が激しくぶつかり合う。

「ヴィンセント、大分剣が重くなってきたね、っ、でも」

ヴィンセントより少し身長の高い、ウォルトと呼ばれた少年は、同じく金色の長い髪を一つに束ね、ヴィンセントの剣を薙《な》ぎ払《はら》い、その彼の喉元に切っ先を向けた。

そして、同色の金の瞳を細め、にこやかに笑って告げる。

「勝負あり、だね」

「もう一度だ！」

「えー、流石にもう疲れたよ」

ウォルトがそう言って両手を上げれば、そんな二人の元に走り寄ってくる小さな少女の姿があった。

「ヴィンセントお兄様、ウォルトお兄様〜！」

その少女は漆黒の髪を三つ編みにし、大きな橙《だいだい》色《いろ》の瞳をキラキラとさせながら、彼等の名を呼ぶ。

「リーズ！」

ヴィンセントはそう妹の名を呼び、怒ったように慌てて言った。

「リーズ、そんなに走ったら危ないだろう？」

「ご、ごめんなさい」

「まあまあ、ヴィンセント。そんなに怒らないであげて。リーズちゃん、どうしたの？　僕等に何か用事があって来たんでしょう？」

「ウォルトお兄様、よく分かったね！」

リーズの言葉に、ウォルトは「まあ、僕も魔法使いだからね」と笑って言った。

リーズはウォルトに向かって「凄い！」と口にしてから言った。

「あのね！　私も魔法をコントロール出来るようになったの！」

「本当か、リーズ！」

そう嬉しそうに口にしたのは、ヴィンセントだった。

彼の言葉に「うん！」とリーズは頷き、人差し指を立てれば、そこにポッと火が小さく宿る。

それを見た二人は嬉しそうに破顔したのだった。

そんな可愛い子供達の姿を遠くから見て、私は自然と溢《あふ》れ出た笑みをそのままに言った。

「皆、大きくなったね」

「あぁ。何だか不思議な感じがするな」

私の言葉に、ヴィクターがそうしみじみと口にしたのに対し、すぐ側にいた二人も頷いた。

「そうね。しかも、私達の子……、ウォルトが『古《いにしえ》の魔法使い』の血を引いていると知った時は、とても驚いてしまったけれど」

「彼も『心を読める』と知った時は、一瞬私の魔法を継いでしまったかとヒヤヒヤしたけれどね」

フェリーシナ様の言葉の後、そう肩を竦《すく》めて言うウォルター様に対し、「でも」と私は口を開く。

「どんなことがあっても、あの子達ならきっと乗り越えられる」

「あぁ、そうだな」

ヴィクターはその言葉に同意し、私の手を握る。

そうして二人、顔を見合わせ笑い合ってから、私は彼らに向かって声を上げた。

「皆～！　もうすぐお客様がいらっしゃる時間よ～！」

「「はい！／はーい！」」

私の声掛けに三人が元気よく返事をし、ヴィンセントとウォルトは幼いリーズの手を取り、駆けて行く。

その姿を見送り、もう一度ヴィクターと視線を合わせ、微笑み合ってからその場を後にした。

そうして今日、雲ひとつなく澄み渡る青い空と太陽の光が降り注ぐ城の中庭で、大切なお客様をお招きしたパーティーが幕を開ける。


「リゼット」

ベンチに座っていた私に声をかけてきたのは、他でもないヴィクターで。

彼は私の隣を指し示して尋ねた。

「隣、座って良いか？」

「もちろん」

そう言って頷きを返すと、ヴィクターは私の隣に座った。

「疲れたか？」

「いいえ、疲れたわけではないの。ただ……、私、夢を見ているのではないかと思って」

「え？」

ヴィクターから視線を外し、遠くを見やる。

そこにいるのは、前世では失ってしまったはずの二人……お父様とリラン。そして、前世では出会わなかったウォルター様やフェリーシナ様、ヴィクターのお母様であるメアリー様……、他にも、ウォンバート元国王陛下やサイラス、エルマー、それから、私とヴィクター、ウォルター様とフェリーシナ様のそれぞれの間に生まれた子供達がいて。

(この光景は、間違いなく前世では見られなかった景色で、私が求めていた何物にも代え難い尊い幸せ)

そんな幸せを噛《か》み締《し》めながら、ふと疑問に思っていたことを尋ねる。

「そういえば、どうして結婚してから七年の『結婚記念日』のお祝いに皆を招待して、盛大な会を開いてくれたの?」

そう、今日はヴィクターとの結婚記念日。

結婚してから七年となる今日を祝ってもらおうと言い出したのは何とヴィクターなのだ。

まさか貴方から提案されるなんて、と驚く私に、ヴィクターはふっと笑みを消して言った。

「今日が節目の年だからだ。……君が、途方もないほど遠いところから俺の元へやってきてくれた……、いや、戻ってきてくれた、と言った方が良いんだろうか。丁度、この歳だっただろう?」

「!!」

思いがけない言葉に息を呑む私と、彼との間をサァッと風が吹き抜け、頬や髪を撫《な》でる。

この歳とは、私が二十三歳であり、彼が二十八歳となっている……、つまり、私が亡くなった

『前世』と同じ歳になっていることを指していた。

でも、それでは、彼も前世のことを知っているということになる……。

「……な、んで」

何とか絞り出すように、ただ一言尋ねるのがやっとで。そんな私に、彼は眉尻を下げて言う。

「すまない、驚かせてしまって。でも、随分前から知っていた。八年前、魔法使いであるフェリーシナが発生させたあの霧の中……『迷いの森』で」

「っ……」

八年前なんて。確かに、フェリーシナ様の家で目が覚めた後、ヴィクターの様子がおかしかった。何かに怯《おび》えているような、そんな感じはしていた。だけど。

(全て、知っていたなんて……)

私が絶句している間に、彼は静かに続ける。

「霧の中で俺は、前世の自分に会った。リゼットを助けられなかった自分に、リゼットといる資格はないと、そう言われて……、でも、俺は嫌だった。リゼットがいない未来なんか、想像もしたくなかった。城に戻ってからそれをウォルターに見破られて……、全てを知った」

「……ごめんなさい」

ポツリと呟《つぶや》いた私の声に、ヴィクターが慌てたように言う。

「違う、君のせいじゃない。君が謝る必要なんてない。むしろ、俺が悪くて……、あぁ、クソ

「ッ！」

「!?」

刹那、ヴィクターの腕の中にいた。

驚く私の身体を彼は力強く抱きしめる。その肩は、震えていて。

「……俺は、どんな理由があれ、君がこうして俺の元へ来てくれたことが何より嬉しかった。だから、今度こそ間違えない。今度こそ、君の手を離さない。幸せにしたい……、そう思ってここまで来たんだ」

「……ヴィクター」

「きっと、これから先も、間違えてしまうことがあるかもしれない。君を傷つけたくないが、知らないうちに傷つけてしまうこともあるかもしれない。だけど、君の笑顔も幸せも、ここにあって欲しい。……共に、生きて欲しい」

「……！」

そっと腕の中から私を解放したヴィクターの真紅の瞳に、私の姿だけが映し出される。

その瞳には、不安と期待とが入り混じっているのが見て取れる。

そんな彼に、私はおずおずと口を開いた。

「それって……、プロポーズ？」

「……そのつもり、なんだが」

そう言った彼の頬は、少し赤くて。

ずっと一緒にいるのにこの人は、なんて優しくて……。

「……ふふふっ」

「笑うところなのか？」

「だって、可愛くて」

「かわ……っ⁉」

驚く彼の唇に、触れるだけの口付けを落とす。

それだけで顔を真っ赤にする彼に向かって、私は自然と溢れた涙をそのままに、彼の手を取り、笑みを浮かべて言った。

「私は、これからもヴィクターのお嫁さんとして……、貴方の一番近くで、家族と、皆とこの幸せを噛み締めて生きていきたいです！」

「！　リゼット……」

ヴィクターが私の言葉に驚いたように目を丸くした後、破顔する。

その笑顔が何よりも好きだと。

そう改めて思いながら、それと、ともう一つ伝えるべき言葉を彼に向かって紡いだ。

「貴方の妻でいられる私は、世界で一番幸せだわ」

と。

一度目の前世では報われることのなかった二人の思いは、二度目を経て通じ合った。
その思いを通して、周りにも大きな『幸福』という名の影響を与えていった二人。
そんな二人の『幸福』な未来は、これからも続いていく……――

あとがき

初めまして。作者の心音瑠璃《こねるり》と申します。

この度は、本作をお手に取って頂き誠にありがとうございます。

このシリーズが作者として初めての書籍化となり、こうして全二巻という最終巻まで刊行させて頂けたこと、あとがきを書いている今も夢のような気持ちでいっぱいです。


本作の執筆を開始したのは約四年半前でした。

当時は、書籍化やコミカライズに憧れてはおりましたが漠然としたもので、夢の中の夢だという思いの方が強く、ただひたすら自分の好き！を詰め込んだ物語をＷｅｂ小説投稿サイト様で執筆しておりました。

そんな中で生まれたのが、本作『その政略結婚、謹んでお受け致します。～二度目の人生では絶対に～』です。

私はハッピーエンドの物語が大好きで、自分が描く物語は全てハッピーエンドに、お読み頂いた読者様に少しでも楽しんで頂けたら、という思いで執筆しているのですが、ふと考えたのが、「もしバッドエンドをハッピーエンドに変えようとしたら、どんな物語が出来るだろう」という発想の転換でした。

これが、本作の始まりです。

明るく真っ直ぐなヒロイン・リゼットと不器用なヒーロー・ヴィクター。

対照的な二人だからこそ、些細なすれ違いがやがて大きな歪《ゆが》みを生んでしまうという悲劇から始まるやり直し。

そんなやり直しの人生の中で、リゼットが前世とは違う環境の中でヴィクターと向き合い、周りの支えもあって自分の気持ちを自覚し、本当の幸せを自分自身で摑みにいく…という、気付きと心の移り変わりに重きを置いた作品です。

出てくる登場人物全員が決して完璧でなく未熟で、またそれこそが人間らしさからくるものであると、各登場人物それぞれに感情移入してお読み頂けていたら嬉しいです。


この作品はほぼ書き溜めゼロからのスタートで、なんと一ヶ月半という短期間の間に約二十万字の連載をさせて頂きました。

なぜこの作品において速筆だったかを考えると、リゼットとヴィクターが頭の中で生き生きと動いてくれるような感覚も確かにありましたが、一番のモチベーションは、初めて日間ランキング入りしたことだと思います。

当時信じられないほど嬉しく、感動に打ち震えたのを今でも鮮明に覚えており、またそれは間違いなく、お読み下さった読者の皆様のお力添えのおかげだと思います。ありがとうございます。

その後、講談社様から女性向け新レーベル、Kラノベブックスfを立ち上げるための初期作品の一つとしてどうですか、と担当者様にお声掛け頂いたメールを拝読したのが電車の中で、思わず「えっ」と声を上げ、これ以上ないほど目を見開いて携帯の画面を至近距離で凝視していたため、今思えばマスクをしていて良かったと心の底から思います（でないと完全に不審者）。

そして、打診をお受けし始まった初めての書籍化作業は、右も左も分からない中、担当者様に丁寧に教えて頂いたことで、無事にデビュー作を全二巻に分けて刊行することが出来ました。担当のK様、いつも本当にありがとうございます。

それから、前巻に引き続き今巻も担当してくださったイラストレーターのすざく先生。

作者の妄想を遥かに超えた美麗すぎるイラストの数々……、原作を深く読み込んで下さったことが伝わる精緻なキャラデザから始まり、表紙、口絵、挿絵に至るまでどれもえも言われぬ美しさに、作者である私は初めて「キャラクターが生きている……！」と歓喜し、イラストを送って頂いた当初から毎日拝み倒しております（危ない）。すざく先生、登場人物達に命を吹き込んでくださりありがとうございました。

次に、家族や友人、恩師。いつも本当に申し訳ないくらいにお世話になっているので、こちらで改めてお礼を言わせてください。本当にありがとうございます！

振り返ると、読者の皆様を始め、本当に多くの方々に支えられているのだと痛感し、感謝の念に堪えません。

また、六月末からは、島國《しまぐに》先生によるコミカライズが講談社様漫画アプリＰａｌｃｙにて配信が開始されております。今度は島國先生の描かれるこの物語の世界に浸ることが出来るのが、作者として無上の喜びです。島國先生、ありがとうございます。これからもよろしくお願いいたします。

読者の皆様も私と一緒に、是非まだまだ続くリゼットとヴィクターの紡ぐ世界に浸って頂けたら嬉しいです!!


長くなりましたが、最後に改めてお礼を。

本作をお手に取って頂いた読者の皆様、刊行に携わって下さった全ての皆様、本当にありがとうございました。

心より、感謝申し上げます。

心音瑠璃

Kラノベブックスf

その政略結婚《せいりゃくけっこん》、謹《つつし》んでお受《う》け致《いた》します。2
～二度目《にどめ》の人生《じんせい》では絶対《ぜったい》に～

心音瑠璃《ここねるり》

2024年7月31日第1刷発行

発行者	森田浩章
発行所	株式会社 講談社 〒112-8001　東京都文京区音羽2-12-21
電　話	出版　(03)5395-3715 販売　(03)5395-3605 業務　(03)5395-3603
デザイン	ムシカゴグラフィクス
本文データ制作	講談社デジタル製作
印刷所	株式会社ＫＰＳプロダクツ
製本所	株式会社フォーネット社

KODANSHA

ISBN978-4-06-526621-2　N.D.C.913　285p　19cm
定価はカバーに表示してあります

ファンレター、
作品のご感想を
お待ちしています。

あて先
〒112-8001　東京都文京区音羽2-12-21
(株) 講談社　ライトノベル出版部 気付
「心音瑠璃先生」係
「すざく先生」係

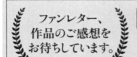

Kラノベブックス

真の聖女である私は追放されました。だからこの国はもう終わりです1～6

著：鬱沢色素　イラスト：ぷきゅのすけ

「偽の聖女であるお前はもう必要ない！」
ベルカイム王国の聖女エリアーヌは突如、
婚約者であり第一王子でもあるクロードから、
国外追放と婚約破棄を宣告されてしまう。
クロードの浮気にもうんざりしていたエリアーヌは、
国を捨て、自由気ままに生きることにした。
一方、『真の聖女』である彼女を失ったことで、
ベルカイム王国は破滅への道を辿っていき……!?

Kラノベブックスf

ヴィクトリア・ウィナー・オーストウェン王妃は世界で一番偉そうである

著:海月崎まつり　イラスト:新城 一

ヴィクトリア・ウィナー・グローリア公爵令嬢。フレデリック・オーストウェン王子の婚約者である彼女はある日婚約破棄を申し渡される。

「フレッド。……そなたはさっき、我に婚約破棄を申し出たな？」

「ひゃ、ひゃい……」

「では我から言おう。――もう一度、婚約をしよう。我と結婚しろ」

「はいぃ……」

かくしてグローリア公爵令嬢からオーストウェン王妃となったヴィクトリアはその輝かんばかりの魅力で人々を魅了し続ける――！